Amilcar Gotti
(Gothi)

EL AMANECER
DE
JANUS

El ataque al Canal de Panamá

Nombre del libro: El Amanecer de Janus
Autor: Amilcar Gotti
Diseño de portada: Jesús Herrera/ Magnanimus Studios
Edición: Alvaro Valderas
Diagramación: Erika Lara

© Del texto, 2023 (Amilcar Gotti)
Primera edición: Marzo 2023

Reg.: 119-002-2023
ISBN: 978-9962-17-496-7

DEDICATORIA

A mi compañera y esposa, Ana Cristina, gracias por tu tolerancia y apoyo en esta loca aventura como escritor. Tomé muy en serio tus críticas constructivas sobre mi primera novela, Los Secretos del Acta, e incorporé personajes femeninos protagónicos en esta obra.

También quiero dedicar esta novela a todas las lectoras femeninas que apreciaron tanto mi primera novela. Por esa misma razón, y por recomendación de mi esposa, he creado dos personajes pensando en cada una de ustedes como una forma de agradecimiento.

AGRADECIMIENTO

Quiero expresar mi más sincero agradecimiento al Venerable Maestro Fabio Galástica por su generosidad al brindarme su valiosa ayuda en relación a los grupos fraternales en nuestro país. También, quisiera agradecer al Mayor Felipe Camargo por confiar en mí y compartir información desconocida relacionada con nuestra historia, la cual resultó sorprendente y enriquecedora. De igual forma, agradezco el apoyo de John Mercier, quien trabajó por muchos años como oficial Naval de los Estados Unidos en Panamá y cuya información fue de extremo valor para este trabajo.

Además, extiendo mi agradecimiento al Illustrious Potentate of Abou Saad Shriners, Anibal George, por su incondicional apoyo y guía en este ambicioso proyecto.

A los autores Elyjah Byrzdett, autor de 'Panamá Judía', Berta Alicia Chen, autora de '¿Cómo, cuándo y por qué llegaron los Chinos a Panamá?', Zoilo C. Martínez de Vega, autor de 'Las Guerras del General Torrijos' y Julio Yao, autor de 'El Monopolio del Canal y la Invasión a Panamá'. Sus investigaciones y obras son inspiradoras, pues dejan un legado y fuente de información invaluable para que las actuales y futuras generaciones tengan un mejor entendimiento de quiénes somos y de dónde venimos. Sus obras fueron de gran ayuda para mí.

Por último, agradezco a todos los lectores que han depositado su confianza en mí y me han favorecido con su apoyo y seguimiento de esta obra. Sin ustedes, no sería posible llevar a cabo este proyecto. ¡Gracias!

PRÓLOGO

En 2019, un reportaje publicado en cierto periódico mencionó la detonación controlada de una bomba de la Segunda Guerra Mundial en Panamá. Pero ¿qué circunstancias llevaron a la presencia de este artefacto en el país y cuáles son otros misterios aún ocultos de los que fueron testigos momentos importantes en nuestra historia y que pocos conocemos y algunos prefieren olvidar?

La ocupación norteamericana en Panamá dejó una marca indeleble en nuestro territorio, incluyendo lugares ocultos utilizados con fines militares y estratégicos. Además, durante muchos años, Panamá fue un centro clave para la capacitación y entrenamiento de diversos grupos armados y de inteligencia que también operaban y orquestaban misiones que causaron un gran impacto en varios continentes.

¿Cuántos secretos guardan las tierras canaleras aún hoy con respecto a negociaciones, golpes y operaciones militares? ¿Son estas prácticas parte del pasado o todavía continúan?

La verdad es que la relación de los Estados Unidos con el istmo de Panamá data de mucho antes de 1903, el año de nuestra independencia. Desde que Panamá decidió unirse voluntariamente a Colombia para formar la Gran Colombia, casi de inmediato se dio cuenta de que había cometido un error, siendo totalmente despojado de todos sus derechos y oportunidades. Durante muchos años, el territorio panameño fue abandonado por sus líderes y políticos, quienes decidían por el istmo sin tomar en cuenta sus necesidades. Hubo más de 40 intentos de obtener la soberanía por parte de los panameños antes de 1903, pero, en algunos casos, los colombianos prometían cambios que luego no cumplían y, en otros, aplacaban al pueblo panameño con la fuerza de sus aliados norteamericanos, gracias a un tratado llamado Mallarino-Bidlack que otorgaba privilegios a los Estados Unidos en el tránsito por el istmo a cambio de mantener a Nueva Granada en el control de Panamá.

La lucha de varias generaciones por la soberanía total del territorio panameño fue un objetivo que unió a diversas generaciones a partir del siglo XIX. En 1903, se dieron las circunstancias propicias para que este sueño se hiciera realidad, cuando los colombianos no ratificaron un tratado para que los Estados Unidos construyeran un canal interoceánico en suelo panameño. Sin embargo, esta independencia fue a medias, ya que vino acompañada de un tratado leonino llamado Hay-Bunau Varilla que otorgaba a los Estados Unidos autonomía perpetua sobre el territorio alrededor del Canal de Panamá, lo que resultó en un panorama muy lejos de la soberanía deseada.

Con el golpe de Estado a finales de la década de 1960, liderado por la Guardia Nacional y con el visto bueno de los Estados Unidos, surgió un nuevo líder: el general Omar Torrijos. Después de décadas de luchas violentas por parte de varias generaciones, Torrijos logró llevar a cabo un proyecto que muchos consideraban imposible y que culminó con la firma de los Tratados Torrijos-Carter en 1977, que acordaron las condiciones para devolver a Panamá todo su territorio, incluyendo el manejo del Canal de Panamá, para finales de la década de 1990. Aunque amado por muchos y odiado por otros, Torrijos fue la figura principal que marcó el destino de Panamá.

Pero ¿se cumplió el propósito por el cual se había luchado durante tantos años por la soberanía de nuestro territorio? ¿Qué secretos siguen guardados en nuestro país? ¿Ha dejado de ser Panamá ese centro estratégico de inteligencia militar que fue durante tantas décadas? Estas son algunas de las preguntas que quizás muchos panameños no nos detenemos a hacernos, pero que quizás sea justo y necesario explorar. Ellas me inspiraron a escribir esta novela de ficción basada en hechos reales, donde no todo es lo que parece y no todo lo que parece es. Como el dios Janus, que cuenta con dos rostros, nos enseña que la naturaleza del hombre es dual y está más arraigada en los grises que en los blancos o negros.

CAPÍTULO 1
UN ATAQUE
INADVERTIDO

Sarah Cohen había culminado sus servicios como líder de una brigada en Israel, donde estuvo por varios meses en una misión con su equipo. Trabajó en una operación luego de haberse especializado en artefactos explosivos y armas biológicas. Desde que había prestado servicio militar obligatorio en las fuerzas de defensa de Israel, a los 17 años, sintió una gran necesidad de servir a su país; luego de terminarlo, decidió continuar en el ejército y, voluntariamente, luego de una serie de contactos, acudió a un llamado donde reclutaban personal calificado en el Mossad, el brazo secreto de Israel, con sus discretos y penetrantes ojos en el mundo. Como tenía familiares en Latinoamérica, esto le daba una ventaja en caso de ser enviada para una misión en el nuevo continente.

Y, en efecto, así fue. Sarah se dirigía a una nueva asignación cuyos detalles se le habían brindado mediante una reunión en persona con su superior. Su comandante le encomendó mucho brindar todo su apoyo y enfatizó que era muy importante que no existiera ningún tipo de comunicación con información relacionada con esta misión de forma electrónica; todo debía ser manejado de forma personal.

El principal objetivo era evitar que los servicios de inteligencia norteamericanos o sus aliados la interceptaran y, a pesar de que la agencia de inteligencia también era aliada de los norteamericanos, el comandante en jefe a cargo tenía un gran interés en apoyar al país en cuestión debido a los fuertes lazos que lo ataban como resultado de diversas operaciones en conjunto realizadas en el pasado. En vista de que Sarah contaba con familia en el país, su selección fue casi inmediata. No debían levantar ninguna sospecha por su viaje. Se trataba de un país centroamericano donde tenía un tío, radicado desde hacía muchos años y al que desde niña había visitado junto a su madre.

A su llegada, fue recibida en el aeropuerto y llevada inmediatamente a un lugar que para muchos aún seguía siendo un secreto. Mientras la transportaban en un vehículo oficial, miraba a través de la ventana las calles, los edificios y las personas, que caminaban con mucha prisa, claramente en una hora muy ocupada alrededor del mediodía. A medida que se acercaban a su destino, Sarah vio la bandera, que destacaba a la luz del sol en la cima de la colina. Se dirigían a un búnker ubicado en el cerro Ancón o, como muchos lo llamaban durante la ocupación estadounidense, Quarry Heights. La reserva Quarry Heights fue establecida oficialmente el 22 de diciembre de 1919. Tomó su nombre de la cantera de roca del cerro Ancón, cuya piedra se utilizó en la construcción de las esclusas de Miraflores y de Pedro Miguel, esclusas fundamentales para la operación del Canal de Panamá. A medida que los norteamericanos que ocupaban la llamada Zona del Canal se instalaban, surgió la necesidad de alojar al personal militar y a sus familias en Quarry Heights, las antiguas casas de la Comisión del Canal Ístmico fueron desmanteladas y reconstruidas en ese lugar. En un momento, hubo casi doscientas de estas casas de madera de «campo de construcción», construidas originalmente en 1906. Sin embargo, a mediados de la década de 1930, todas menos las de Quarry Heights y la residencia oficial del administrador de la Comisión del Canal de Panamá (anteriormente la residencia oficial del gobernador de la Zona del Canal de Panamá) fueron demolidas y reemplazadas por edificios más modernos. Una de las instalaciones más singulares del Departamento de Defensa en el área del Canal es el túnel ubicado en Quarry Heights que conectaba con un búnker. El teniente general Daniel Van Voorhis, comandante general del Departamento del Canal de Panamá en ese momento, inició el 27 de marzo de 1940 el plan para construir un búnker. Justificó la necesidad de la estructura a prueba de bombas «para su uso en caso de emergencia y vital para la seguridad de datos importantes». La instalación del puesto de mando, completada el 20 de enero de 1942, fue construida «bajo 200 pies de roca de pórfido nativo y de hormigón armado» a un costo de 400 000 USD. El búnker fue construido por los norteamericanos con propósitos estratégicos y para uso militar, y ahora lo utiliza el Gobierno panameño para reuniones del Consejo de Seguridad.

Finalmente, luego de pasar dos garitas de seguridad, el vehículo llegó a su destino y, sin titubear, tomó su maletín, dispuesta a iniciar el trabajo para lo que había sido enviada.

Sarah se sintió abrumada al llegar al búnker. Aunque había sido modernizado y adaptado para su nuevo propósito, ella podía sentir la historia y la pesadez de las decisiones que se habían tomado en ese lugar. Mientras caminaba por los pasillos y grababa en su mente notas visuales de cada rincón del recinto, podía imaginar a los soldados y oficiales que habían estado allí antes que ella, luchando por sus respectivas causas. Aunque Sarah estaba allí para trabajar, no podía evitar sentirse un poco intimidada por la importancia de su misión y la responsabilidad que le habían confiado.

—Teniente Cohen, acompáñeme, por favor, el ministro la está esperando.

Luego de pasar por los controles de seguridad, Sarah examinaba visualmente cada rincón del recinto e identificaba en su arquitectura el remanente de la construcción de dicha fortaleza realizada desde la Segunda Guerra Mundial.

Quién pensaría que tras ese cerro se encontrara tal estructura, se decía a sí misma.

Recorriendo los pasillos del complejo militar, Sarah, sin cruzar ni palabra ni mirada alguna con nadie, siguió al agente que la conducía. Por su porte y físico natural era una mujer que, para los estándares del país, podía pasar por una modelo, lo que llamaba la atención de quienes la veían pasar por los pasillos. Sus ojos de color miel y su cabello negro azabache eran capaces de hipnotizar a cualquiera que se encontrara enfrente.

—Por favor, pase por acá.

Su conductor abrió una puerta que daba a una sala de reuniones donde se encontraban varios individuos sentados, que, al ver ingresar a Sarah, se levantaron inmediatamente.

—Teniente Cohen, bienvenida; soy el ministro de Seguridad, José Manuel Bastimento. Por favor, tome asiento.

—Gracias.

El ministro se detuvo un segundo y se dirigió a su asistente:

—Por favor, no nos interrumpan ni pasen llamadas.

—¡Sí, señor!

Cuando todos estuvieron sentados, el ministro de Seguridad tomó la palabra. Ni bien abrió la boca fue evidente el tono de preocupación que imperaba en su voz.

—Primero, quiero agradecerles a los presentes el haber acudido a mi llamado. La razón que nos reúne es que hemos recibido información de parte de nuestros aliados de Israel que fue interceptada por uno de sus agentes. Esta indica que se está orquestando una operación en nuestro país para cometer un atentado contra el Canal.

Las reacciones no se hicieron esperar. Los presentes quedaron desconcertados ante el anuncio. Y una marejada de murmullos colmó la escena.

—¡Cómo es posible! —exclamó uno de los presentes.

—En efecto, hemos confirmado las fuentes y ya están identificados algunos de los individuos que se dirigían a nuestro país para formar parte de dicha operación. Sin embargo, solo pudimos detener a un sujeto. Al parecer, fueron reclutados por una compañía fantasma que se dedica a contratar exmilitares y mercenarios de diferentes regiones.

—¿Y el detenido qué ha dicho?

—Hasta ahora nada, solo aseguró que lo buscarían en el aeropuerto. Desde su captura, hemos desplegado unidades para descubrir a algún sospechoso, sin suerte. Me temo que muchos de estos sujetos ya habrán entrado al país y se encuentran trabajando en la planeación del ataque.

—¡Debemos tomar acciones extremas para salvaguardar la ruta interoceánica! —declaró con voz firme uno de los asistentes.

—Así lo hemos hecho, hemos resguardado todas las áreas de ingreso más sensitivas al Canal. Sin embargo, debemos ser muy precavidos. —El ministro de Seguridad tomó un profundo suspiro y, observando a los presentes, destacó—. Es importante manejar esto con mucha cautela, como bien saben. No solo está en juego el Canal, sino también la soberanía de nuestro territorio.

El ministro, con estas palabras, sin ofrecer otras explicaciones, dio a entender que, de salir a luz o llegar a oídos de los norteamericanos la información que estaban manejando, podría producirse otra invasión, debido a que en el Tratado de Neutralidad firmado en 1977 se había introducido una enmienda, conocida como la Condición de DeConcini, que permitía a Estados Unidos usar la fuerza militar para hacerle frente a amenazas al Canal «de conformidad con sus procedimientos constitucionales» (entiéndase sin el consentimiento del soberano). Tal condición iba en contra del principio de soberanía, una norma jus cogens que no admitía acuerdos en contra y que para muchos era ilegal, pues ningún Estado puede penetrar ni actuar en el territorio de otro Estado sin su consentimiento. Sin embargo, dicha enmienda en el tratado lo permitía.

De suceder, esto sería un golpe grave que echaría por tierra todo el esfuerzo y la lucha realizada por decenas de generaciones de panameños para asegurar la soberanía de su país, que culminó con la firma de los Tratados Torrijos-Carter, los cuales pusieron fin a la ocupación norteamericana de territorio panameño.

—¡Esto seguramente es algún plan de los chinos! —se escuchó decir de uno de los asistentes.

—¡No me sorprendería que fuera una operación de los norteamericanos precisamente para tomar nuevamente control del país! —comentó otro

Uno de los presentes, el mayor retirado y exjefe de la inteligencia panameña a finales de la década de los 70, Jorge Caicedo, se levantó y tomó la palabra. Había sido invitado por el ministro de Seguridad debido a su conocimiento y a la admiración y respeto que le guardaban muchos oficiales de los estamentos de seguridad, a pesar de su avanzada edad. Caicedo era conocido por su sabiduría en ese campo, y se esperaba que su intervención fuera de gran valor para lo que estaban discutiendo.

—Estimados compañeros, nos encontramos en un momento crítico que deberemos enfrentar con cautela y mucho profesionalismo. Ya hemos sido amenazados en el pasado y debemos estar preparados para cualquier desafío. Si es necesario, estamos dispuestos a dar nuestras propias vidas para la defensa de nuestro territorio. Debemos ser fuertes y estar unidos, y neutralizar cualquier amenaza con valentía y determinación.

El ministro de Seguridad intervino para presentarle a Sarah formalmente.

He invitado al señor Caicedo porque posee mucha experiencia en temas de inteligencia, él sirvió personalmente en un grupo que estaba conformado por el G2 y coordinaba operaciones bajo el mando y la supervisión del general Torrijos.

—Señores, toda ayuda que podamos conseguir es bienvenida, ya hemos desplegado a nuestras unidades por el país entero y estamos alerta ante cualquier movimiento sospechoso.

El ministro de Seguridad, fijando su mirada en Sarah, se dirigió a los presentes:

—La teniente Sarah Cohen ha sido enviada por nuestros aliados de inteligencia de Israel, quienes interceptaron las comunicaciones y nos alertaron sobre el uso de tecnología desarrollada por ellos mismos. Según la información con la que contamos, esta tecnología no solo sirve a los usuarios para comunicarse de forma cifrada, sino que también les permite intervenir llamadas y correos electrónicos. La teniente Cohen es una valiosa fuente de apoyo y especialista en explosivos. Le agradecemos su presencia, teniente.

—Ministro Bastimento, ¿contamos con alguna información que nos ayude a identificar los detalles de este plan?

—Bueno, hay algo, sin embargo, no hemos podido descifrar qué es: el sujeto al que arrestamos cargaba un celular que le habían entregado en su lugar de origen y encontramos en él un mensaje de texto que le enviaron y que consta de una secuencia de letras. El celular no recibía señal de ningún operador, inclusive carecía de una tarjeta SIM, por lo que asumimos que recibió el mensaje por medio de una conexión pública de internet. Además —añadió, observando a Sarah— fuimos informados de que la operación en cuestión utiliza la palabra clave «Janus».

—¿Janus? Y ¿qué sabemos del mensaje?

—Como mencioné, se trata de una secuencia de letras. No hemos podido descifrar qué representan, ni su procedencia; pensamos que, con ese código, el sujeto debía recibir instrucciones. Ya hemos tratado de descifrarlo y seguimos trabajando en esto. Un gran problema es que no podemos compartir esta información con ningún aliado de inteligencia, por el riesgo de que la intercepten los agresores, o los norteamericanos.

Finalmente, el ministro se dirigió a los presentes y pidió que lo discutido en la reunión fuera manejado con mucha cautela, y agregó:

—Necesito su apoyo con los operativos que estamos realizando. Estén atentos a cualquier actividad sospechosa. Pueden retirarse.

Así dio por concluida la reunión.

—Mayor Caicedo, le agradezco su presencia. Por favor, espéreme en la sala, porque quisiera darle los detalles de los operativos que estamos realizando para que me ofrezca sus comentarios y observaciones.

—Por supuesto, señor ministro.

Antes de retirarse, el ex mayor se acercó a Sarah, quien se encontrada de pie a lado del ministro.

—Teniente, me da mucho gusto saber que contamos con su apoyo. Las relaciones y cooperación entre nuestros países en temas militares y estratégicos vienen desde hace mucho tiempo. No sé si usted lo sabía, pero durante la guerra de Yom Kipur, en la década de los 70, Panamá envió soldados para apoyar al ejército de Israel.

La teniente recibió con sorpresa esa información, ya que nunca había oído hablar de eso.

—No lo sabía —dijo ella.

—Sí, teniente. Solo dos países de América participaron en esa guerra brindando su apoyo: Panamá y Perú. Yo fui uno de los soldados que intervino en esa operación. ¿Conoce la guerra del Yom Kipur?

—Sí, por supuesto. Mi padre combatió en ella.

—¡Veo que viene de una familia militar, al igual que yo! Seguro que su padre debe de estar muy orgulloso de usted, teniente.

Sarah correspondió con una sonrisa, mientras el ministro Bastimento interrumpía el breve intercambio de palabras.

—Teniente Cohen, ¿me acompaña, por favor?

—Sí, señor.

—Pase a mi oficina.

—Mayor Caicedo, le hablo en un rato. Permiso.

Sarah tomó asiento, no sin antes observar con detalle la oficina del ministro.

—Teniente, me gustaría consultarle algo —dijo él, haciendo una pausa—. ¿Qué tan preocupados deberíamos estar?

La frustración y el nerviosismo de Bastimento eran evidentes y Sarah se dio cuenta de que debía tener mucho tacto con sus palabras. Aunque estuviera preparada para situaciones de alto riesgo y estrés. Sarah gozaba de fama de ser brusca y directa, pero en esta ocasión iba a esforzarse por ser más considerada y tomar en cuenta el lado humano de las cosas. Aunque comprendía la gravedad y seriedad del asunto, no podía olvidar la importancia de tratar a las personas con respeto y empatía.

—Ministro, debo ser sincera. Estamos ante una situación crítica y creemos que el ataque al Canal es inminente si no se desarticula a tiempo. —

Al ver la reacción del ministro, con el rostro cambiando como si le oprimiera el pecho, Sarah se dio cuenta de que su comentario no había sido lo suficientemente cuidadoso. Tomó una bocanada de aire e hizo un esfuerzo por ser más considerada en sus palabras—. Sin embargo, estoy para apoyarlos dentro de mis posibilidades.

Aclarando su garganta, el ministro le agradeció sus palabras. Después de una pausa, mientras el silencio reinaba en la oficina, sucedió algo inesperado. Sarah no pudo evitar fijarse en un libro azul con letras doradas en hebreo que estaba en un librero cerca del escritorio del ministro. Al ver que Sarah observaba el libro, el ministro lo tomó

—Es un regalo que recibí —comentó él ministro, colocándolo en las manos de Sarah, luego de ponerse de pie.

—Impresionante, quién pensaría que vería el Zohar en su oficina. Sabe que esta es solo una parte, ¿cierto?, porque realmente deberían ser más libros. Sarah tenía razón. El Zohar, junto al Séfer Ietzirá, son considerados las fuentes principales de las cuales se desarrollan las enseñanzas de la cábala. El Zohar se divide en varios tratados y analiza la Torá para extraer de ella su significado oculto.

—Así me han dicho, es un recuerdo; de alguna forma mantenerlo cerca me hace sentir, cómo le explico: protegido.

Sarah abrió el libro y observó en su primera página la dedicatoria, además de que reconoció con sorpresa el símbolo que en él se plasmaba, relacionado con quienes habían regalado y dedicado el libro al ministro.

—Viendo este libro, me parece que usted es una persona de fe, un creyente en un ser supremo.

—Sí, lo soy, teniente.

—Ministro —dijo, con un tono de voz más afable—. Quizás sea un buen momento, si es una persona de fe, de pedir ayuda. Nunca está de más —y le entregó de regreso el libro.

—Con su permiso, debo atender unos temas.

—Por supuesto.

—Y, Sarah, nuevamente, gracias.

El ministro Bastimento, aún con el Zohar en sus manos, abrió la portada del libro y observó la dedicatoria, recordó el momento en que le fue entregado. La dedicatoria el momento en que le fue entregado. La dedicatoria contaba en la parte superior con el símbolo de la escuadra y el compás, emblema de la orden masónica. El libro le había sido entregado en una reunión de Gran Logia, cuando fue invitado al templo para una ceremonia especial. A pesar de ser masón, hacía mucho tiempo que no asistía al templo.

Meditando unos segundos que parecieron eternos sobre el símbolo masónico y lo que representaba simbólicamente, sintió una paz interior que le calmó los ánimos que tenía a flor de piel y, como brisa que acaricia el viento, escuchó como un susurro nuevamente las palabras de Sarah. Como si un ángel le hablara al oído.

—Quizás sea un buen momento, si es una persona de fe, de pedir ayuda. Nunca está de más.

¡De golpe, como si le cayera del cielo un relámpago, abrió los ojos, colocó el libro en su escritorio y tomó el teléfono para marcarle a su asistente!

—¡Señorita, necesito que llame al viceministro! ¡Debemos localizar a dos ciudadanos de inmediato y traerlos aquí lo antes posible!

El cerro Ancón o como muchos lo llamaban durante la ocupación estadounidense. uarry Heights. La reserva Quarry Heights fue establecida oficialmente el 22 de diciembre de 1919. Tomo su nombre de la cantera de roca del cerro Ancón.

Campamento en el Sinaí. Foto proporcionada por el Mayor Felipe Camargo

La Guerra de Yom Kipur también conocida como la guerra árabe-israelí de 1973, fue un conflicto bélico librado por la coalición de países árabes liderizado por Egipto y Siria contra Israel desde el 6 al 25 de octubre de 1973. El 11 de diciembre de 1973 un batallón de 450 unidades partió a medio Oriente desde Panamá bajo el mando del Tte. Crl. Armando Contreras.

CAPÍTULO 2
EN BUSCA
DE REFUERZOS

Antonio Goti estaba tomando un vuelo desde los Estados Unidos con destino a Panamá y luego a Medellín, a donde se había mudado hacía algunos años con su esposa y sus dos hijos. Estaba muy emocionado por poder hacer una conexión en su país de nacimiento y había hecho los arreglos para quedarse varias horas y sorprender a su madre. También debía estar a tiempo para el cumpleaños de su hijo el 21 de diciembre. Antonio se había unido a la orden masónica hacía más de 15 años y, junto a otro hermano de la orden, se había ganado una reputación de ser un experto en simbología y cifrados. A pesar de amar su país, decidió mudarse a otro lugar para alejarse de todo y hacer un cambio en su vida, llevándose a su familia con él. La orden masónica a la que pertenecía era una fraternidad extendida por todo el mundo y cuyos orígenes resultaban, para muchos, un enigma. Sus rituales y simbología la envolvían en un manto de misterio, por lo que muchos miembros preferían ser discretos para evitar conflictos. El oficio de Antonio le permitía trabajar de forma remota y, al ser su madre colombiana, decidió vivir un tiempo en Antioquia para tener esa experiencia.

A su llegada a Panamá, sacó de su bolsillo una tarjeta SIM de telefonía para comunicarse mientras estuviera en el país durante algunas horas. Mientras colocaba su teléfono sobre la bandeja del avión, se escuchó el altavoz:

—Por favor, permanezcan en sus asientos.

Finalmente, consiguió hacer el cambio y obtuvo señal. Se percató de que había recibido un mensaje de alguien muy particular, para su sorpresa. Se trataba de Roberto Henríquez, un hermano masón que se había iniciado a la vez y que gozaba de la misma fama que él de «gurú de símbolos», por así decirlo.

El último contacto que había tenido con él fue antes de mudarse a Medellín. Roberto le pidió que fuera el padrino de su hija. Fue una ceremonia wicca en un salón privado de un restaurante chino, por el área conocida como Los Ángeles en Panamá. Con curiosidad, Antonio acercó el teléfono a su oído y su corazón se detuvo al escuchar el mensaje.

—¡Antonio! Algo ha pasado. Nos están buscando. Están preguntando por ti. Te llamo para avisarte —se escuchó la voz de Roberto Henríquez en la grabación, seguida de un sonido abrupto antes de que terminara el mensaje.

Mientras, aturdido, dejaba caer su teléfono, dos individuos se pararon frente a él en el pasillo del avión. Eran oficiales de policía.

—¿Es usted el señor Antonio Goti?

—Sí, soy yo.

—Por favor, acompáñenos.

—¿Qué está pasando?

—Por ahora, no podemos darle más información, solo acompáñenos y coopere.

Antonio se sintió perplejo cuando le quitaron el celular y fue llevado por los agentes a un lugar que desconocía. Recordó un consejo que le había dado un buen amigo abogado en caso de encontrarse en situaciones así con la autoridad, que era no decir nada y mantenerse en silencio hasta estar en presencia de un abogado. Así que decidió adoptar esa posición y acompañar a los agentes sin decir nada.

A su llegada a la estación de policía localizada en Perejil, se encontró en una pequeña sala de reuniones con paredes grises y una mesa de metal en el centro. La única fuente de luz era una ventana pequeña y sucia que dejaba entrar una claridad tenue. Para su sorpresa, se encontró con Roberto, quien estaba de pie junto a un librero de madera oscura, revisando los libros que se encontraban en él.

—¡Roberto, que gusto verte, hermano!

Se dieron un fuerte abrazo y estrecharon la mano con el toque del grado de maestro.

—¿Sabes por qué estamos aquí? ¿No crees que debíamos contactar a un abogado?

—No pareciera que seamos detenidos. Además, recuerda que yo estudie derecho además de arquitectura.

—Genial, por lo menos tú nos podrías defender.

—Bueno, técnicamente, aún no he tenido experiencia en algún caso; sin embargo, manejo la teoría.

—Cuéntame, Roberto, ¿cómo está mi ahijada?

—Creciendo y, ¿sabes?, creo que le gusta el tema —le dijo, refiriéndose a los temas esotéricos.

—Interesante.

—Y tú, ¿como vas por allá, por Medellín? Me imagino que te estas volviendo loco con las mujeres. La verdad, no sé cómo lo haces.

—Hermano, si me hubiese mudado soltero, sería otra historia. Sin embargo, te cuento que he tenido que desarrollar la visión periférica.

—Siempre he dicho que eres medio estoico, Antonio. En ese momento, la puerta del salón de reuniones se abrió y el ministro Bastimento ingresó para encontrarse con el dúo.

—¡Hermanos!, qué bueno que están aquí.

—Hermano, un placer verlo.

—Quiero pedirles disculpas por la situación. Sin embargo, quería que vinieran porque necesito un favor.

—Con gusto, ¿en qué podemos ayudarle?

—Este es un tema de mucha importancia y que afecta a la seguridad nacional, así que les pido discreción. A partir de ahora, no podemos tratarnos como hermanos, ya que este es un asunto oficial. Les devolveré sus celulares, pero les pido que de momento los dejen apagados, por seguridad. Hasta nueva orden, no pueden enviar ninguna información por medio de móviles o correo relacionada con la situación en la que se encuentran. Por favor, acompáñenme y tengan mucha discreción.

Los tres salieron del salón de reuniones, caminando por el largo pasillo que llevaba a un ascensor. Una vez salieron a otro piso, giraron a la derecha y se dirigieron hacia una puerta situada al final del pasillo.

—Señor Bastimento —quiso saber Antonio, acercándose al ministro—. ¿Usted cree que podamos regresar a nuestro itinerario en las próximas horas? Debo viajar a Medellín, y es el cumpleaños de mi hijo.

—No se preocupen, solo quiero que vean algo y me den sus comentarios.

—Por supuesto.

Abrieron la puerta y entraron a un nuevo recinto dentro del cuartel, un lugar aislado y seguro donde podrían hablar sin ser interrumpidos. Cerraron la puerta tras de sí y se sentaron en una mesa redonda donde se llevaban a cabo los interrogatorios. Antonio sintió escalofríos al entrar al lugar, mientras que Roberto parecía sorprendido y emocionado. El cuarto en el que se encontraban era un lugar especial, con un espejo en una de las paredes. Aunque Antonio no había visto nunca ese tipo de espejo, sabía por las películas policiacas que se utilizaban en para espiar a las personas. Así que comprendió de inmediato que estaban siendo observados.

—¿Seguro que no estamos en problemas? —preguntó Antonio.

—No se preocupen, hemos venido aquí por temas de protocolos y seguridad.

Ambos ignoraban que Sarah los estaba observando desde el otro lado del espejo. Ella solo sabía lo que el ministro le había dicho: había invitado a dos individuos con experiencia en descifrar códigos y mensajes crípticos, y compartiría con ellos una secuencia de letras encontrada sin darles mayor contexto para ver si podían obtener algo útil. Sarah observó con curiosidad a los tres hombres mientras comenzaban a conversar. El ministro de Seguridad les entregó a Antonio y a Roberto una hoja con una secuencia de letras escritas a mano.

ZGYZEKEB

Roberto se levantó de su silla y pidió que le hicieran llegar algunas hojas, también una libreta y lápices. El ministro se comunicó con un agente y pidió que se los trajeran de inmediato.

—Señores, los dejaré para que puedan concentrarse. Por favor, si necesitan algo más o necesitan comunicarse conmigo, diríjanse al agente presente con ustedes.

Los jóvenes masones estaban sentados alrededor de una mesa en el pequeño cuarto, conversando y tratando de descifrar la secuencia de letras. Sarah los observaba a través del espejo, podía ver sus expresiones contrariadas mientras iban y venían con distintos cifrados. Aunque se esforzaban por encontrar un patrón o un significado en la secuencia, parecía que no podían llegar a ninguna conclusión.

Finalmente, ante la frustración evidente, Antonio se puso de pie y se dirigió directamente al agente que los acompañaba.

—¿Disculpe, nos podrían dar alguna información adicional? Quizás algo que nos proporcione más contexto.

Sarah dirigió su mirada al ministro y al oído le dio instrucciones de información que podía ser compartida.

El ministro regresó al cuarto.

—Señores, la información fue enviada al teléfono móvil de un individuo, y sospechamos esta tenía como objetivo permitirle acceder a una serie de instrucciones. Esta información está encriptada y pensamos que debía ser ingresada en alguna aplicación para que arrojara información valiosa. — Hizo una pausa—. La tecnología que utilizan es de origen israelí.

Roberto se colocó la mano en su barbilla y exclamó:

—¡Interesante!

Lanzó todas las hojas anteriores a un cesto de basura y comenzó a escribir el abecedario en un papel, colocando un número sobre cada letra. Sin embargo, el abecedario no seguía la secuencia que conocemos: estaba utilizando el alfabeto hebreo. Antonio, que siempre había encontrado interesante la simbología de la masonería, se dio cuenta de inmediato de lo que estaba haciendo y escribió el cifrado en otra hoja de papel, siguiendo la secuencia del alfabeto hebreo. Por ejemplo, la tercera letra no era la c sino la g, o guimel en hebreo.

Una vez que contaron con la secuencia de letras correcta, Roberto comenzó a utilizar una técnica de cifrado llamada atbash, muy común en la criptografía clásica hebrea. Se trataba de un tipo de cifrado por sustitución que permutaba las letras del alfabeto para obtener un mensaje cifrado. Roberto comenzó a reescribir el cifrado en un papel y, a continuación, Antonio continuó reemplazando cada letra con un número en su hoja.

Los valores numéricos que obtuvieron sorprendieron a Antonio, quien inmediatamente reconoció la secuencia con cierta familiaridad.

—¡Esto no es casualidad! —afirmó con asombro.

El ministro de Seguridad, con intriga, preguntó:

—¿De que hablan?

En ese momento, el mayor retirado Caicedo ingresó al cuarto donde se encontraba Sarah observándolos, y contempló la escena con extrañeza.

—Teniente, ¿quiénes son estos señores? —preguntó.

—Son unos especialistas que trajo el ministro de Seguridad, y parece que han descubierto algo.

Roberto, con una sonrisa de triunfo, respondió a la pregunta del ministro Bastimento con un nombre que en otras épocas podría haberle costado la vida:

—¡Baphomet!

Ante ese nombre, los presentes no pudieron disimular su sorpresa. El mayor intervino de inmediato.

—¿De dónde sacaron a estos tipos?

Con un gesto, Sarah le pidió guardar silencio y prestó atención a la conversación.

—¿A que se refieren con Baphomet?

Antonio, al darse cuenta de la cara del ministro, prosiguió:

—Los templarios, una orden militar y religiosa que existió durante la Edad Media, fueron acusados de adorar a una supuesta figura conocida como Baphomet. Aunque ellos se presentaban como protectores de los peregrinos que viajaban a Tierra Santa, muchos sospechaban que su verdadera misión era la de buscar información valiosa oculta en las ruinas del antiguo Templo de Jerusalén. Algunos creen que los templarios adoptaron tradiciones y creencias antiguas de judíos, egipcios y babilonios en sus rituales y ceremonias. Se establecieron en el Medio Oriente durante años y, aunque se les acusó de varios delitos y herejías, nunca se ha podido demostrar de manera concluyente la veracidad de estas acusaciones. La figura de Baphomet sigue siendo un misterio y una de las mayores leyendas de la historia de los templarios.

—Pero ¿cómo se relaciona eso con el cifrado y con Baphomet?

Roberto siguió después de Antonio.

—Cuando nos informó que la tecnología era de Israel, se me ocurrió aplicar un cifrado muy común para los judíos que se llama código atbash, El cifrado atbash es un método de cifrado utilizado en el alfabeto hebreo que consiste en sustituir la primera letra por la última del alfabeto, la segunda por la penúltima y así sucesivamente. Es comúnmente usado por los judíos, y también fue utilizado por los templarios. La palabra Baphomet, relacionada con una de las acusaciones que se les hicieron a los templarios, puede ser cifrada usando el código atbash y resulta en la palabra Sophia, que significa 'conocimiento'. Uno de los usos más famosos de este cifrado se encuentra en el libro de Jeremías, donde se sustituye el nombre de Babilonia por el término «Sesac».

—Gracias por la clase de historia, pero ¿eso en que nos ayuda?

—Los judíos —continuó Antonio— para cada letra de su alfabeto tienen un valor numérico. Esto es esencial para el estudio de la cábala y las correspondencias, etc.

—Cuando aplicamos el valor numérico de las letras que nos dio el cifrado, obtenemos una secuencia. A pesar de que no sea experto en tecnología, ahora que trabajo de forma remota, conectándome a servidores, me hago una idea de lo que podría ser 1921680610.

—La secuencia comienza con 192 seguido por 168, esta secuencia es frecuente en IP de redes internas.

—Seguro que, al ingresar ese código en una aplicación con la clave de este cifrado, lo llevará a esta IP. Sin embargo, por el tipo de IP parece indicar que el dispositivo debería estar conectado a una red interna.

Sarah inmediatamente saltó de su silla y se dirigió al cuarto donde estaban reunidos los masones. A su entrada, se sorprendieron de verla. Principalmente Roberto, quien inmediatamente comenzó a arreglarse el cabello y acomodarse la camisa.

—Ministro Bastimento, ¿podría pedir que nos traigan el móvil que decomisaron?

—Por supuesto, teniente. Señores, les presento a la teniente Sarah Cohen.

—Mucho gusto —respondieron al unísono.

—Si lo que dicen es cierto —prosiguió ella— este móvil no estuvo conectado a ninguna red pública, el mensaje que recibió su portador le llegó mediante una conexión de red interna. Si los dispositivos siguen aún conectados a esta red e ingresamos esta IP, puede que logremos acceso.

Un agente de seguridad les llevó el móvil dentro de un sobre.

Sarah lo tomó y procedió a abrir el navegador de este, luego introdujo los números correspondientes a la IP encontrada. Para la sorpresa de todos, se abrió una página web con instrucciones y una ubicación.

Sarah se acercó al ministro y le recomendó que, en vista de los hallazgos que habían hecho aquellos dos jóvenes, los incorporara al equipo y les brindara más detalles sobre la operación.

—Señores, oficialmente son parte de esta operación y vamos a necesitar que nos acompañen.

—¿Qué quiere decir? —preguntaron ellos.

—No disponemos de suficientes recursos y pensamos que no nos queda mucho tiempo, un grupo organizado planea atacar el Canal y necesitamos evitar que esto suceda. La única información con la que contábamos era ese código que ustedes nos ayudaron a descifrar y el nombre clave que usaron en la conversación intervenida: Janus.

Recibieron tan graves noticias con sorpresa; sin embargo, más sorpresa les causó escuchar el nombre Janus.

Un agente abordó al ministro y le informó que ya habían dado con el lugar y estaban listos para mover sus unidades. El ministro le indicó que aquellos dos también irían y que no había tiempo para perder.

Mientras caminaban hacia los vehículos, los masones pidieron la palabra para comentar que quizás sabían cuándo se podría dar el ataque.

Roberto se dirigió al grupo primero:

—Janus es un nombre de gran simbolismo, ya que en la antigüedad se lo asociaba con las fechas en las que se celebran los solsticios. Janus, el dios con dos rostros, representa las puertas que separan el pasado del futuro y el invierno del verano. Además de ser conocido como el Dios de las puertas y de los comienzos, se lo asocia con la protección y la guía. Su imagen se utiliza en muchas ocasiones como símbolo de transición y cambio.

—La fecha marcaba el inicio de una época, eran las puertas simbólicas, igual que ahora se siguen celebrando los solsticios para marcar el inicio de las temporadas. Por esta razón, el primer mes del año se llama en inglés «January» y, en español, «enero», ambas palabras provenientes del nombre Janus.

Continuó Antonio:

—Cuando los cristianos adoptaron las creencias paganas en la nueva religión que estaban creando, Janus no fue la excepción, se remplazaron las celebraciones al dios pagano Jano y en esas fechas se establecieron los días para celebrar a los dos Juanes —Juan el Bautista y Juan el Evangelista—, una forma disimulada de seguir con la celebración de los solsticios y a Janus por medio de las celebraciones de Juan. Inclusive, en algunos sitios las celebraciones a Juan son muy importantes aún. Al igual que en todo el mundo hispano, nuestro país no es la excepción y se habla del veranito de san Juan. En la masonería, por ejemplo, la figura de Juan es muy importante y en algunos rituales se habla de la Logia de San Juan de Jerusalén.

Roberto intervino:

—Muchas religiones y corrientes iniciáticas celebran las fechas del solsticio, que, dicho sea de paso, tendrá lugar dentro de muy poco, en vista que hoy es 19 de diciembre.

—No sería casualidad que el ataque se perpetrara el próximo solsticio, en un par de días.

—Comúnmente, el solsticio de invierno se celebra en

diciembre. Esta fecha en el pasado era conocida como «Ianua Coeli».

—Pero —Antonio, alarmado interrumpió a Roberto— estas fechas no se aplican para nosotros, pues estamos en otro hemisferio. En este lado del globo, el solsticio que tendrá lugar los próximos días marca el inicio del verano, por lo que para nosotros sería el «Ianua Inferni».

—Las puertas del infierno.

CAPÍTULO 3
LA CAZA
COMIENZA

Mey Lin pertenecía a la tercera generación nacida en Panamá de descendientes chinos que llegaron al país como fuerza laboral en la construcción del ferrocarril. A pesar de que los primeros comenzaron a llegar a mediados del siglo XIX, se mantenían inmersos en sus costumbres y tradiciones. La comunidad se conocía y se frecuentaba. Contaban con áreas en la ciudad donde tenían sus comercios y sus templos, y sus festividades eran conocidas durante el año. A pesar de vivir en Panamá, su familia la envió recién graduada del colegio a China con unos familiares para mejorar su dominio del idioma mandarín, ya que en Panamá en su mayoría utilizaban el idioma hakka, originario del sur de China. La oportunidad se dio por medio de una beca ofrecida por el Gobierno chino, y tenía como propósito ser un vehículo utilizado por la principal agencia de espionaje del Partido Comunista Chino, el Ministerio de Seguridad del Estado, para evaluar y reclutar espías en el extranjero. Mientras estuvo en aquel país, fue contactada por miembros del servicio secreto para proponerle unirse a la organización. Al inicio, no estaba de acuerdo; sin embargo, vio más tarde esto como una oportunidad para mejorar la situación de sus familiares, quienes vivían en Fujian, pues la oferta incluía puestos de trabajo seguros en los estamentos del Estado.

El entrenamiento de Mey Lin consistió en un curso

intensivo en la Academia de Shanghai, donde aprendió técnicas de defensa, espionaje y adoctrinamiento. Ella demostró una gran destreza y se destacó particularmente por sus habilidades como francotiradora. A diferencia de sus compañeros, Mey Lin no había crecido en China y veía esta experiencia principalmente como una oportunidad para ella y su familia. Sin embargo, aprovechaba lo que podía ser útil y el resto lo pasaba sin mucho entusiasmo.

Al finalizar su entrenamiento, Mey Lin participó en algunas operaciones de inteligencia en Asia, pero fue contactada posteriormente por su superior para llevar a cabo una misión muy importante en su país de nacimiento: Panamá. Los detalles de la misión le fueron proporcionados en un complejo secreto ubicado en la ciudad de Dalian y se le entregó un cartapacio con la información necesaria.

Si esta misión no se llevaba a cabo de manera exitosa, podría poner en peligro los planes de expansión del Estado en Latinoamérica, y en especial en Panamá, conocido como el puente del mundo y el corazón del universo. Al llegar al país, Mey Lin contaría con operativos que le apoyarían, pero era crucial mantener la reserva y la cautela en todo momento.

Mey Lin se encontraba en un edificio cercano al cuartel de policía de Perejil, sosteniendo una cámara infrarroja. Había colocado micrófonos de forma encubierta en los días previos. Desde la ventana del edificio, vio un movimiento inusual de personas en la mañana. De repente, escuchó una conversación a través de su auricular.

«Cuando los cristianos adoptaron las creencias paganas en la nueva religión que estaban creando, Janus no fue la excepción, en su lugar se remplazaron las celebraciones al dios pagano».

«Janus». Ese nombre era clave para su misión, encontró el origen de la conversación, cuadranguló las personas que se encontraban en el recinto y ubicó su objetivo. Inmediatamente, se percató de que se dirigían al área de estacionamientos, por lo que saldrían en cualquier momento.

Mey Lin tomó su equipo y se dirigió a toda marcha hacia la calle donde había estacionado su motocicleta. Alerta y pendiente, divisó los vehículos en cuestión y, con sigilo, arrancó el motor para seguir al grupo.

***

Ya en el vehículo, escoltados por otros dos autos con agentes, los miembros del equipo se dirigían hacia el destino que habían identificado mediante la pista del móvil. Se trataba de una ubicación localizada en el Parque Nacional Metropolitano que se conocía como «el Castillo».

El búnker se terminó de construir durante la Segunda Guerra Mundial, en 1944, por el ejército de los Estados Unidos y tiene un área total de 1200 m2. La estructura había sido utilizaba como taller principalmente relacionado con motores de aviones. La infraestructura tenía como función principal ser un sitio estratégico para la investigación y desarrollo de motores para aviones de guerra del ejército de los Estado Unidos. Contaba con tres auditorios —uno subterráneo— con capacidad para unas 200 personas cada uno. El sitio se componía de tres niveles:

1) Semisótano y sótano.
2) Planta baja.
3) Primera planta.

No estaba muy lejos de la ciudad, sino dentro del Parque Natural Metropolitano, un área protegida única en su tipo, localizado en el centro de la capital. El Engine Test Building, como se lo conocía, o edificio 1002, «El Castillo», se encontraba junto al camino del Mono Tití, a unos 700 metros del centro de visitantes del parque y a 150 metros de la avenida Juan Pablo II, siendo fácilmente accesible desde ella. Frente a este edificio se encuentra un área pavimentada que una vez fue utilizada como helipuerto durante la presencia militar en el área.

A su llegada al lugar, se encontraron con unos vehículos estacionados a un costado de la entrada. Las unidades acompañadas por el ministro de Seguridad, Sarah y el mayor jubilado Caicedo se dirigieron hacia el búnker abandonado mientras Roberto y Antonio permanecieron en los vehículos, cada uno con un chaleco antibalas.

Los agentes, a su llegada, forzaron la puerta e ingresaron al búnker construido de hormigón armado con enormes bloques, cubiertos con una gruesa capa de musgo y líquenes. El olor a moho y la humedad se sentían en el ambiente. El sitio estaba totalmente dejado en abandono y se apreciaban filtraciones al largo de la estructura, era un monumento a la desidia semejante estructura, que guardaba en sus paredes tanta historia, descuidada y en deterioro.

El búnker estaba rodeado por la selva, con árboles y arbustos cubriendo el paisaje. El aire estaba cargado de los sonidos de la selva: pájaros cantando, insectos chirriando y el rugido de los animales en la distancia. La entrada estaba sellada con una puerta de metal oxidada; la humedad del aire había penetrado por las grietas, formando un espeso manto de moho. El interior del búnker estaba oscuro y húmedo, con olor a tierra y hongos. Las paredes estaban cubiertas con una capa de óxido. El silencio del lugar era inquietante.

Los agentes y miembros del equipo tuvieron que pasar por un tramo inundado, el agua llegaba a sus rodillas, y poco a poco fueron ingresando sigilosamente por una puerta lateral y atravesando una verja. Se encontraban en medio de una prueba de supervivencia. El búnker era una trampa mortal en la que los terroristas seguramente habían puesto trampas para evitar que el equipo encontrara ninguna evidencia. El equipo se adentró lentamente, manteniéndose alerta ante cualquier señal de peligro.

Inmediatamente, se divisó al final de la entrada un movimiento, repentinamente seguido por un estruendo. La explosión los sorprendió.

Se escuchó una ráfaga de tiros y se inició un intercambio de disparos mientras cada miembro de ambos bandos buscaba cubrirse para protegerse. Luego del intercambio, los agentes, el ministro y la teniente descendieron hacia el interior. Frente a ellos, una escalera donde nuevamente se escucharon disparos. Seguidamente, un segundo estruendo se tomó el lugar. Sarah se abalanzó hacia el suelo y, con un disparo certero, fulminó al atacante.

Mientras avanzaban, encontraron un pasillo oscuro y desconocido que se abría al fondo del búnker. A medida que avanzaban, los agentes podían sentir la presencia de algo con malas intenciones.

El equipo siguió avanzando y con fuerza forzó una puerta que daba a un salón subterráneo.

La corazonada de los miembros de la brigada de operaciones especiales de la policía no se equivocaba.

A lo largo de los siguientes minutos se dio un intercambio de balas entre ambas partes en el que los mercenarios llevaron la peor parte.

A su ingreso, se encontraron para su sorpresa con una escena salida de una película de Hollywood. Un mercenario se abalanzó hacia una de las unidades y, antes de halar el gatillo, el ex mayor Caicedo lo fulminó con un disparo, dejándolo tirado en el piso. De inmediato, el ministro solicitó que registraran los cuerpos sin vida de los atacantes.

Se encontraron con una gran sala llena de computadoras, armas y materiales explosivos.

Sarah se acercó a la mesa donde había diferentes objetos, entre los que se podían apreciar materiales explosivos y, sin pensarlo dos veces, comenzó a analizar lo que ahí se encontraba.

El antiguo taller había sido convertido en un laboratorio. En el sitio se encontraban interruptores, dispositivos electrónicos y cables. Sobre una de las mesas había explosivos colocados de forma ordenada y al lado de varios sacos que habían sido camuflados para que pareciese que contenían fertilizante.

Ella sacó un maletín donde contaba con un kit para hacer pruebas. Tomó una muestra de su contenido para hacer un análisis, sometió el compuesto a una mezcla y comprobó sus sospechas. Se trataba de pentolita, un explosivo compuesto que se utiliza para fines militares y civiles. La muestra arrojó como resultado una mezcla de 50 % de pent (tetranitrato de pentaeritritol) y 50 % de trinitrotolueno (TNT). Esta mezcla 50/50 tenía una densidad de 1.65 g/cm3 y una velocidad de detonación de 7400 m/s.

—¡Encontramos unos móviles!

—Bien, revisen si han recibido algún mensaje de texto.

—Sarah, dígame que ha descubierto.

—Al parecer, trajeron camuflada la pentolita en bolsas que parecían ser de fertilizante. La estaban utilizando para hacer artefactos de detonación controlada.

En ese momento, uno de los agentes interrumpió para comunicar que en cada móvil se había encontrado un mensaje de texto críptico.

—Por favor, acompáñenme a los vehículos; dejemos que Roberto y Antonio revisen el texto para descifrar la información.

Aún en los vehículos, Roberto y Antonio divisaron al equipo compuesto por el ministro, Sarah y el ex mayor Caicedo, que se acercaban rodeados por varios agentes armados.

—Escuchamos detonaciones, ¿encontraron algo?

—Sí, por ahora necesitamos ayuda con estos mensajes de texto, fueron descubiertos en los móviles.

El dúo de inmediato aplicó la misma fórmula utilizada para descifrar el texto anterior, mientras que, del otro lado, Mey Lin observaba entre los matorrales lo que estaba sucediendo.

—También son direcciones IP.

De inmediato, ingresaron la información en el navegador y ubicaron dos lugares en el mapa.

El ministro Bastimento agrupó al equipo y decidió que se separaran en dos.

—Sarah, Roberto y yo nos dirigiremos a un lugar y Caicedo, el director de la policía y Antonio al otro. Por lo que hemos descubierto, recuerden que estamos tratando con personas peligrosas y armadas. Por favor, procedan con mucho cuidado.

El primer equipo, liderado por el ministro Bastimento, partió inmediatamente hacia el segundo.

Mei Lyn, al ver el movimiento, se alistó para seguir al grupo y alcanzó a prepararse a tiempo para emprender su misión sin perder de vista el vehículo del equipo con destino desconocido en el que se encontraba Antonio.

El Engine Test Building, como se lo conocía, o «El Castillo», se encuentra junto al camino del Mono Tití, a unos 700 metros del centro de visitantes del parque y a 150 metros de la avenida Juan Pablo II, siendo fácilmente accesible desde ella. Frente a este edificio se encuentra un área pavimentada que una vez fue utilizada como helipuerto durante la presencia militar en el área.

CAPÍTULO 4
EL ENEMIGO
ATACA

El equipo del ministro emprendió su camino hacia una de las ubicaciones que, de acuerdo con los hallazgos, se trataba de la isla Flamenco, localizada en lo que ahora se conocía como calzada de Amador. La isla Flamenco, en conjunto con las islas de Naos, Culebra y Perico, eran unas baterías de fortificación que iniciaron operaciones en 1914 y sirvieron para apoyar a las unidades de artillería durante las dos guerras mundiales. Fueron la instalación de la sede del Distrito de Artillería de la Costa del Ejército de los EE. UU. hasta 1947. Después de finalizada la Segunda Guerra Mundial, las islas Naos, Perico y Flamenco se convirtieron en las famosas islas fortificadas necesarias para la defensa del Canal, y Flamenco, donde hay un túnel, era la isla que más armas guardaba. El túnel fue cavado en medio de la roca durante la década de 1920. La edificación militar que buscaban en la calzada había cambiado mucho. Fue una de las primeras áreas que se revirtió al país y pasó a ser administrada por manos panameñas, poco después de la firma de los tratados Torrijos-Carter de 1977.

Ese sector, que ahora se conoce como el Causeway de Amador o Calzada de Amador, se conocía como Fort Grant (Fuerte Grant), en honor al presidente estadounidense Ulises Grant.

En la entrada del túnel existían rieles del ferrocarril por los que se transportaban armas y cañones, pues era una instalación para uso militar. Fue un punto de defensa utilizado para operaciones militares, primero por parte del Gobierno de Estados Unidos y luego por el de Panamá, durante la época del general Manuel Antonio Noriega. Las entradas podían cerrarse, para proteger la vida de los militares que se encontraban allí.

A su llegada a la isla Flamenco, los uniformados procedieron a ingresar al búnker seguidos por Sarah, acompañada por el ministro, mientras Roberto se quedó en el vehículo.

El sitio, al igual que el búnker anterior, presentaba un alto deterioro y un penetrante olor a humedad y moho debido al mal estado y a las filtraciones.

El equipo avanzó con precaución por el oscuro túnel, atentos a cualquier movimiento sospechoso que pudiera delatar la presencia de un enemigo. Las paredes de la estructura estaban mayormente pintadas de verde claro y oscuro, y había rastros de mapas y tableros rasgados que cubrían gran parte de la superficie. Al avanzar, encontraron una puerta que los llevaba a un piso inferior a través de una larga y empinada escalera de hierro. Mientras descendían, el sonido de sus pasos resonaba en el estrecho pasadizo.

Finalmente, llegaron a la cámara principal del búnker y se acercaron con cautela a un cuarto localizado en la parte inferior de la estructura. De repente, un estallido ensordecedor aturdió al grupo y fue seguido por una ráfaga de tiros. Los soldados se dispersaron, buscando refugio detrás de las sólidas paredes de cemento, tratando de protegerse de los disparos que se sucedían sin tregua. Uno a uno, los uniformados fueron cayendo al suelo mientras el resto luchaba por sobrevivir a la emboscada. La escena era dantesca, el aire estaba cargado de humo y el sonido de las armas de fuego retumbaba en toda la estructura.

El ministro se abalanzó hacia una esquina, detrás de una columna, para protegerse, mientras Sarah encontró cómo cubrirse también mientras disparaba sin tener claridad sobre su objetivo. Del otro lado de la cámara, como pudo, el ministro Bastimento y algunos agentes lograron salir retornado por el túnel por donde habían bajado para encontrarse que la puerta había sido cerrada por fuera. Una trampa, claramente, encerrados para matarlos como presas fáciles.

En ese momento de frustración, el ministro Bastimento tomó su radio para pedir ayuda, dándose cuenta de que la comunicación había sido bloqueada y recibiendo un disparo en el hombro, cayó herido. Al ver esto, algunos agentes lo arrastraron como les fue posible a un lado, detrás de una columna.

Sarah, que llevaba consigo en los bolsillos de su pantalón diversos artefactos, tomó de uno de ellos un empaque con una substancia ácida y un químico que servía de base que, al ser quebrada y agitada, producía una reacción espontánea. Lanzó el contenido y llenó la cámara con un humo espeso.

Acto seguido, sacó de uno de sus bolsillos un material similar a la masilla, conocido como C4, el cual colocó en la puerta sujetando un pequeño dispositivo del tamaño de una memoria USB con lo que logró hacer una detonación lo suficientemente fuerte para forzar la puerta y escapar de esa trampa mortal con el grupo de sobrevivientes hacia la superficie.

Justo en ese instante, sin idea de lo que estaba sucediendo con el otro grupo, el integrado por Antonio y el ex mayor Caicedo se dirigía a su destino al otro lado del país, en el Atlántico, con dirección a la provincia de Colón.

Colón es una ciudad ubicada en la costa norte de Panamá, en la provincia del mismo nombre. Es conocida por ser un importante puerto comercial y una de las principales entradas al Canal.

Los agentes se habían trasladado al lugar que indicaban las coordenadas mientras que a Antonio y al ex mayor los llevaron en un helicóptero junto a otros agentes. El plan consistía en trasladarse a investigar de manera simultánea ambos sitios para no advertir a los conspiradores. Tras revisar el área, se dieron cuenta de que se trataba del antiguo fuerte Sherman, ubicado en la provincia de Colón. El fuerte es una antigua base militar de Estados Unidos en Panamá, situada en Toro Point, al norte del Canal de Panamá, en su orilla occidental. Durante muchos años, fue la principal base de infantería del lado caribeño, mientras que Fort Amador protegió el lado del Pacífico. La construcción de Fort Sherman comenzó en enero de 1912 como una fase de los planes defensivos originales de 1910. Fue nombrado así por la Orden General del Departamento de Guerra n.º 153 del 24 de noviembre de 1911, en honor al general Sherman. El fuerte incluía 23 100 acres (93 km) de tierra, aproximadamente la mitad de la cual estaba cubierta por selva. Las áreas desarrolladas incluyeron viviendas, barracas para 300 personas, una pequeña pista de aterrizaje y varias áreas recreativas. Sherman fue el emplazamiento del primer radar de alerta temprana desplegado operacionalmente por los Estados Unidos cuando se instaló un SCR-270 allí en 1941.

A su llegada a la antigua base norteamericana, los uniformados comenzaron a penetrar en el antiguo complejo. El fuerte abandonado es una imponente estructura que se encontraba solitaria, rodeada de bosques y campos verdes frente a la costa del Atlántico. Aunque hoy está en ruinas, en su momento fue una de las fortificaciones más importantes de la Segunda Guerra Mundial.

Después del fin de la guerra, se utilizó principalmente para realizar entrenamientos, pero luego quedó abandonado y se dejó a la intemperie.

Actualmente, el fuerte es un lugar en ruinas, con edificios derrumbados y muros cubiertos de musgo y hiedra. Sin embargo, aún se pueden ver las huellas de su pasado militar, como las torres de observación y las baterías de cañones que se encuentran dispersas por el área. A pesar de su abandono, sigue siendo un lugar impresionante e intrigante que atrae a historiadores y curiosos por igual. El ex mayor y Antonio permanecieron en un vehículo esperando escuchar alguna novedad.

En un esfuerzo por esconder su nerviosismo, Antonio abordó a su compañero, que permanecía muy pendiente de lo que pasaba desde el vehículo.

—Mayor, es admirable que a su edad aún tenga esa energía y ganas de apoyar.

Él respondió con una sonrisa y aprovechó la oportunidad para hablar sobre su compromiso y lucha durante una importante época en la historia de Panamá.

—Joven, amo mi patria y haría cualquier cosa por ella. Es una lástima que las nuevas generaciones no valoren el esfuerzo que muchos hemos realizado para hacer de este país una nación soberana.

Antonio preguntó si había estado al mando del general Omar Torrijos, a lo que el ex mayor respondió afirmativamente.

—Fui miembro de la escolta del general Torrijos, a quien le decíamos cariñosamente «el Viejo». Tenía una visión y una convicción sin igual, y logró lo imposible. Formé parte de la unidad de inteligencia creada por él, nuestro trabajo consistía en monitorear y analizar los conflictos en Centroamérica y Colombia, entre otros. El general estaba convencido de que para lograr la paz en Panamá era esencial tener contacto con todos los grupos revolucionarios y guerrilleros de América, excepto con Sendero Luminoso, en Perú. Debido a esto, había guerras en toda Centroamérica, excepto en Panamá. En Colombia, había carteles y varios grupos guerrilleros. En Panamá había 14 bases militares norteamericanas y, durante mi tiempo en la unidad, ningún soldado estadounidense resultó herido ni se produjo ningún asalto a ninguna de las bases. Además, tuvimos contacto con grupos de inteligencia de muchos países. Personalmente, traté varias veces con la antigua KGB de la extinta Unión Soviética, pero esa es otra historia. Si el general Torrijos siguiera vivo, a muchos de estos grupos de izquierda les habría costado llegar al poder. Eso le ganó muchos enemigos —concluyó.

Antonio, sorprendido, pensó en voz alta:

—Me imagino que debía de llevarse bien con muchos grupos y contar con muy buenos contactos, mayor.

Caicedo asintió:

—Cierto, pero eso solo fue en el aspecto geopolítico. Las actuales generaciones no tienen idea de los logros que se dieron bajo el mando del general Torrijos. También llevó a cabo un plan para desarrollar el sector eléctrico del país y el desarrollo de instituciones importantes como el IRHE y el INTEL. Es notable que buscó mantener el poder económico en manos de la oligarquía mientras le quitaba el poder político, lo que demuestra su habilidad para equilibrar intereses y garantizar el progreso del país. El centro financiero que aún beneficia a nuestro país fue también producto de su visión junto a miembros de su equipo preparados para estos menesteres. Es importante recordar y reconocer estos logros y la visión de líderes como él para entender el desarrollo y la historia de Panamá. Verás, vengo de una familia que siempre sirvió en la milicia. Mi papá también formó parte de las filas de la Guardia Nacional. Él era jefe en el escuadrón de caballería, supongo que llevo en la sangre esta vocación aguerrida —añadió.

—Uno de los mayores logros por los que se recordará al general Torrijos es el hecho de haber conseguido un nuevo tratado, definitivamente un legado para todos los panameños, con el que logramos ser completamente soberanos —comentó Antonio.

El militar asintió:

—Es cierto que el Tratado Torrijos-Carter nos devolvió el control del Canal, pero aún hay muchos casos en los que Estados Unidos ejercen su influencia en la región de manera indirecta. Verás, las cosas son complejas, no son blanco o negro. Podría decirse que Estados Unidos aún utiliza su poder militar y su posición como una de las mayores potencias mundiales para violar los derechos internacionales y el Tratado de Neutralidad del Canal. Esto es algo que debería preocuparnos y nos debería hacer reflexionar sobre cuán soberanos somos realmente. Es importante recordar y reconocer los logros de líderes como el general Torrijos, pero también debemos estar atentos a los desafíos que enfrentamos actualmente y trabajar para garantizar la verdadera soberanía de nuestro país —concluyó.

—¿Qué quiere decir? —preguntó Antonio.

—En 2009, al destructor ruso Chabanenko se le prohibió atracar en su muelle asignado en el Canal debido a que una nave de guerra de los Estados Unidos ocupaba el espacio. En 2011, el barco mercante Ching Chon Gang, de Corea del Norte, fue detenido en alta mar por las autoridades de los Estados Unidos, violando el derecho del mar. Luego, el barco fue entregado al Gobierno de Panamá, quien encarceló a su tripulación y requisó la carga, violando el derecho internacional y el Tratado de Neutralidad. En ambos casos, fue Estados Unidos quien violó estos derechos, no Panamá.

De repente, una explosión devastadora sacudió el edificio principal de la antigua base militar. El estruendo fue tan grande que aturdió al ex mayor y a Antonio, que se encontraban cerca. Los muros temblaron y las ventanas estallaron, y una lluvia de escombros y polvo cubrió el suelo. Los dos hombres se resintieron por el impacto, incapaces de moverse durante unos momentos. Cuando finalmente recobraron el sentido, se dieron cuenta de que el antiguo fuerte había sido gravemente dañado por la explosión, El conductor, aún conmocionado, salió del auto para investigar qué había ocurrido. Sin embargo, apenas había dado unos pasos cuando fue alcanzado por un disparo y cayó al suelo sin vida. La violencia del impacto lo había fulminado en el acto, y su cuerpo quedó inmóvil en el asfalto. A su alrededor, todo era caos y confusión, y nadie podía entender lo que había pasado. Tras el sonido de la explosión, los disparos resonaron en el aire, dejando a los presentes atemorizados y desconcertados. La escena fue seguida por el sonido de un arma siendo recargada. Una figura apareció apuntando directamente hacia ellos. Una voz ruda les ordenó:

—¡Salgan del vehículo!

Sacaron a ambos con fuerza del vehículo, los amarraron y les colocaron una bolsa sobre sus cabezas para evitar que vieran dónde los llevaban. Junto con otros uniformados que habían sobrevivido a la emboscada, los colocaron en la parte trasera de un van. El vehículo arrancó con brusquedad y comenzó a moverse a través de las oscuras calles de la ciudad. Los prisioneros no sabían adónde los llevaban ni qué les deparaba el futuro.

***

A su salida del túnel, Sarah, el ministro Bastimento y algunos agentes fueron socorridos. Sarah pidió de inmediato que buscaran una ambulancia.

Mientras algunos soldados recobraban sus fuerzas, otros ingresaron al búnker para someter a los atacantes, pero, para su sorpresa, se habían escapado por un túnel que conectaba la isla.

Sarah, observando la situación, se dirigió al ministro.

—Esto fue una emboscada. Alguien sabía que veníamos para acá y nos tendió una trampa. La operación está comprometida.

—Sarah, deben ir a un lugar seguro. Por favor, lleva a Roberto contigo, cuídalo mucho. Por mi culpa, ahora están involucrados en esto y si, les pasa algo, yo seré el único responsable. Por favor, acompaña a los agentes a la estación de Ancón.

—Usted está herido y debe ir a un hospital. Debemos advertir al otro equipo.

En eso, uno de los agentes de mayor cargo los abordó para decirles que habían perdido comunicación con el otro equipo que se dirigió a Colón. Al parecer, también habían sido emboscados.

***

Sin idea de adónde los llevaban, los sobrevivientes del segundo equipo fueron trasladados en un vehículo a una zona retirada del lugar donde se había perpetrado el ataque. Finalmente, el vehículo se detuvo en un polígono localizado en Piña, en Costa Abajo de Colón. Este era uno de los muchos campos de tiro y áreas de bombardeo utilizados por los militares estadounidenses para entrenamientos y maniobras. Se estima que hay 110 000 municiones explosivas aún enterradas en miles de hectáreas alrededor del Canal de Panamá, de las cuales solo se han removido aproximadamente 8500.

Los mercenarios sacaron uno por uno a los sobrevivientes del vehículo, probablemente con la intención de eliminarlos sin dejar rastros. Los prisioneros fueron colocados de rodillas y los mercenarios comenzaron a gritarles improperios. Uno por uno, les quitaron las bolsas que cubrían sus rostros y, entre risas, los mercenarios conversaban y apostaban por quién sería el ganador de un juego perverso que estaban a punto de iniciar. La tensión y el miedo eran palpables en el aire mientras los prisioneros se preguntaban qué les depararía el futuro.

—A ver, para que vean que no somos malas personas, le permitiremos retirarse.

Los prisioneros, incrédulos, se miraron las caras. Entre ellos se encontraban Antonio y el ex mayor Caicedo.

—¿No nos creen?

—Dejaremos que se marchen, lo único que deben hacer es caminar hacia el otro lado del campo. Les prometemos que nadie los va a detener.

Ante el asombro de los allí presentes, uno de ellos se puso de pie.

—¿Esta es alguna broma? ¿Nos está tomando el pelo? —preguntó.

—No, les doy mi palabra.

El agente miró al resto de los prisioneros, dio media vuelta y comenzó a correr hacia el campo. Los demás observaron cómo el agente corría y se alejaba, mientras un silencio aterrador y el latir de sus corazones tensos se hacían evidentes. A medida que el agente se alejaba, los demás presentían que algo no estaba bien y el ambiente se volvía cada vez más tenso. De repente, se escuchó un estruendo en el campo y el cuerpo del agente desapareció en pedazos debido a la explosión de una mina. Los mercenarios soltaron una carcajada ante la mirada de terror del resto, que no podían creer lo que acababan de presenciar. Ante este horroroso acto, el ex mayor Caicedo se puso de pie en ese momento.

—No permitiré que nos traten como animales, ¡ustedes son una escoria, bestias sin honor! ¡Me rehúso a terminar de esta manera!

El líder de los mercenarios, con una mirada desafiante lo interrumpió.

—¿Qué piensa hacer al respecto?

El ex mayor se abalanzó contra el mercenario e intentó

quitarle el arma al mercenario, pero este le respondió con un disparo al estómago. Al ver esto, varios de los uniformados se abalanzaron contra los mercenarios y forcejearon con ellos, mientras estos les disparaban, dejándolos heridos o muertos en el suelo. Otros corrieron hacia el campo, seguidos por explosiones que terminaron con sus vidas. Antonio, por su parte, trató de esconderse como pudo, esperando resignado que el desenlace fuese rápido. Un mercenario le apuntó con su arma y, mirándolo fijamente, vio cómo cerraba los ojos, esperando su final. De repente, se escuchó un disparo y, para sorpresa de Antonio, se dio cuenta de que aún seguía vivo.

Alguien escondido en el bosque disparaba de forma certera a los mercenarios. Muchos quedaron en el suelo y otros decidieron escapar ante la impotencia de responder a su atacante.

Después de un momento, los disparos cesaron. Desconcertado y en un ataque de pánico, Antonio corrió lejos de la escena cuando fue interceptado por una figura extraña totalmente cubierta y con un rifle colgando de su hombro. El sujeto le pidió que se calmara y lo acompañara. Inmediatamente se percató que su voz no sonaba natural como si ocultara algo y, dominado por la sorpresa, se rehusó:

—¡Aléjese de mí! ¿Quién es usted?

—Antonio, acompáñame, ven conmigo —insistió el extraño personaje.

Ante su negativa, el extraño lo agarró por el cuello y le colocó sobre la nariz y la boca un pañuelo con una substancia que lo dejó inconsciente. Con esfuerzo, el extraño lo arrastró hacia un vehículo y lo colocó en el asiento trasero, se subió al delantero y se quitó la máscara que cubría su cabeza, dejando ver su larga cabellera negra. Se trataba de Mey Lin, quien no dudó un segundo en acelerar y dejar atrás la escena.

El área de Piña, en la provincia de Colón, es una zona actualmente de alto riesgo por la presencia de municiones no detonadas que fueron utilizadas en prácticas militares por las fuerzas estadounidenses que ocupaban la ribera interoceánica, en el lugar se han reportado u sin número de accidentes con estas municiones

El fuerte Sherman, ubicado en la provincia de Colón es una antigua base militar de Estados Unidos en Panamá, situada en Toro Point, al norte del Canal de Panamá, en su orilla occidental. Durante muchos años, fue la principal base de infantería del lado caribeño, mientras que Fort Amador protegió el lado del Pacífico. La construcción de Fort Sherman comenzó en enero de 1912

La Calzada de Amador fue construida en 1913 por el gobierno de los Estados Unidos con rocas excavadas del Corte Culebra como parte del proyecto del Canal de Panamá. El sitio fue originalmente parte de un complejo militar estadounidense. Foto: cedida por Fernando Paniagua

CAPÍTULO 5
EL PLAN DE
ESCAPE

Roberto Henríquez se encontraba en shock mientras el vehículo que los llevaba se dirigía hacia un lugar de alta seguridad donde, según le habían informado, estaría protegido. Entre un sinfín de pensamientos que le cruzaban la mente, observó a Sarah, quien permanecía pensativa y claramente angustiada. En ese momento, Roberto no pudo contenerse y se dirigió a la teniente:

—Teniente, ¿usted cree que el otro grupo esté bien? Es decir, ¿saben algo de ellos?

—No lo sé, perdimos contacto con ellos y aún están investigando. Todo parece indicar que fuimos atacados. —Calló un momento e hizo un gesto con la cabeza—. El ministro Bastimento y los demás agentes deben ser atendidos y nosotros permanecer en un lugar seguro.

Roberto se dio cuenta de que Sarah no estaba del todo segura de lo que había sucedido y, como una jugadora de ajedrez, estaba replanteándose la situación en la que se encontraban y todas las posibilidades que podrían haber llevado a esa situación. El ministro y varios agentes habían sido trasladados a un hospital, mientras que ellos debían permanecer en el cuartel de seguridad y antiguo búnker localizado en el cerro Ancón. Roberto vio con asombro cómo el vehículo se acercaba al cerro Ancón, antigua base de Quarry Heights. Había pasado anteriormente cerca del sitio, pero nunca había pensado que llegaría a ingresar allí.

—Impresionante, ¿sabías que este búnker fue construido por los norteamericanos? — le comentó con rostro de asombro a Sarah.

—Sí, lo sé —respondió ella de forma tosca y cortante—. Vamos, Roberto, no te quedes ahí sentado.

A su llegada, los agentes los escoltaron hacia la base y fueron llevados al control de acceso para pasar por los controles de seguridad correspondientes. Roberto vació sus bolsillos para pasar por un control de metales. Al pasar, sonó una alarma.

—¿Que trae ahí? —interrogó un agente a Roberto. De los nervios, olvidó removerse un collar que consistía en un hexagrama unicursal que llevaba alrededor de su cuello.

—Perdón, olvide que lo llevaba.

—Adelante.

Luego de no sonar la alarma en esta ocasión, el agente pidió a Roberto permanecer de pie para ser revisado. Al culminar, le pidieron seguir adelante y tomar sus cosas.

Sarah observó con detenimiento la escena mientras esperaba su turno, removió su calibre 22 y la colocó sobre la mesa al lado del control de acceso. La máquina no se activó, por lo que Sarah procedió a tomar su pistola; sin embargo, el agente la detuvo.

—Espere un momento, teniente, debo revisarla.

El agente procedió a la exploración, mientras Sarah, con una mirada de pocos amigos, observaba al agente y a su alrededor. Los sucesos recientes habían dejado en ella un presentimiento que le inspiraba desconfianza, algo que, en su experiencia en combate, nunca la llegó a defraudar.

De repente, el agente sintió algo en los bolsillos de sus pantalones cargo.

—Teniente, ¿que lleva ahí?

Sarah sacó del bolsillo su contenido y mostró al agente un paquete similar a una granola o galletas con letras en hebreo.

—Es alimento, son... cómo le explico, como barras energéticas.

Haciendo un gesto con las manos, como si estuviese comiendo, sonrió y se tocó el estómago.

—¿Le gustaría probar uno?

En ese momento, Roberto, viendo la escena, comentó:

—Seguramente es kosher, sabe que los judíos tienen una dieta especial, ¿cierto?

El agente le hizo un gesto a Sarah para que no se preocupara y que se los quedara.

Seguido a esto, Sarah intentó tomar su arma; sin embargo, los agentes se lo prohibieron.

—Disculpe, teniente, pero mientras llevamos a cabo las investigaciones de lo sucedido, preferimos que su arma permanezca con nosotros.

Sarah asintió con un gesto y se dirigió junto a Roberto a una sala de reuniones donde fueron escoltados. Ya en la sala, Sarah se puso de pie y, con los ojos cerrados, comenzó a caminar de un lado a otro, visualizando el búnker para ubicar bien dónde se encontraban. Lo que nadie sabía era que, al salir del búnker la primera vez que fue llevada allí, Sarah había revisado unos planos del lugar al que tuvo acceso y los había memorizado por completo. Roberto, por su parte, la observaba mientras, poco a poco, comenzaba a compartir las sospechas de ella.

—Roberto, no creo que estemos seguros aquí. Necesito salir.

—¿Por qué lo dices Sarah? Si intentas escapar, te convertirías en una prófuga, ¡eso sería una locura!

—No es casual que ambos grupos fuéramos emboscados. Además, muy cerca del fuerte Sherman en la ciudad de Colon hay una base aeronaval, esto no hubiera sido posible sin la complicidad de los mismos agentes del Gobierno. No me siento segura en este sitio. Además, no sería la primera vez que me encuentro en este tipo de situaciones en mi línea de trabajo.

Roberto en silencio comprendió la gravedad de la situación y, a pesar de que su mente racional le alertaba de mantenerse al margen de semejante idea, no era el tipo de persona que se dejaba llevar por decisiones racionales.

—Sí, estoy de acuerdo. Dime qué tienes en mente.

—Ok, escúchame bien.

Sarah se acercó al oído de Roberto y susurró unas palabras.

Seguido a esto, Roberto con un gesto asintió con su cabeza. Luego, se puso de pie, suspiró y se acercó a la puerta.

Los agentes ubicados fuera del cuarto de reuniones fueron sorprendidos por varios toques y una voz que les dijo:

—Señores, ¡necesito ir al baño!

Abrieron la puerta y permitieron que Roberto saliera. Uno de ellos permaneció en su puesto y el otro acompañó a Roberto. A su llegada, Roberto, antes de ingresar, se acercó al agente y dijo:

—Todo esto me afectó al estómago, quizás me demore un poco.

El agente movió sus ojos hacia arriba y se dio la vuelta, permaneciendo fuera, a un lado de la puerta del baño.

Mientras tanto, Sarah se preparaba para llevar a cabo su plan de escape. En sus bolsillos, llevaba unos empaques sellados que, a pesar de su aspecto inofensivo, contenían una substancia compuesta por ácidos y una base que, al ser rota y mezclarse, producía una reacción química. Sarah se colocó una pañoleta alrededor de la boca y golpeó con fuerza la puerta, mientras rompía el contenido del paquete que llevaba en su bolsillo.

El agente abrió la puerta y se encontró con un espeso humo que lo tomó por sorpresa. Sarah aprovechó la oportunidad para quitarle su pistola, una Glock 17, y, tomando ventaja del humo espeso que se colaba por el pasillo, pateó el envoltorio hacia el exterior del salón. El agente cayó al suelo y, entre la confusión, el resto de los agentes corrieron a ver qué sucedía. Sarah sacó de su otro bolsillo un compuesto similar y provocó la misma reacción mientras avanzaba y corría.

Roberto miraba su reloj mientras pasaba el tiempo indicado por Sarah, cinco minutos. Siguiendo las indicaciones recibidas, rasgó una manga de su camisa, la cual colocó alrededor de la cara para protegerse.

Efectivamente, al salir del baño, el agente ya no se encontraba ahí. Como el resto de los demás, había salido en dirección hacia el sitio donde se originaba el humo para atender la situación, dejando a Roberto solo para continuar con la segunda parte del plan. Algunos funcionarios corrían despavoridos debido al caos generado por el humo.

Sarah sabía que frente al baño más cercano se encontraba un pequeño cuarto de limpieza. Roberto ingresó a él y buscó entre las repisas los recipientes de los productos de limpieza que, efectivamente, estaban almacenados en ese sitio: uno contenía ácido muriático y el otro era un blanqueador, mejor conocido como cloro.

Roberto salió del cuarto de limpieza con los galones de productos y, entre el espeso humo, vio cómo se acercaba una figura hacia él.

Se trataba de Sarah, que lo tomó del brazo y le dijo que la siguiera.

Entre el caos, llegaron al final de su objetivo.

A su llegada, Sarah tomó los galones que llevaba Roberto.

—¡Quédate ahí! —ordenó.

Mezcló las substancias y agitó el recipiente, lo que produjo casi inmediatamente un burbujeo, tornando el color de la mezcla a una tonalidad verde y emanando un gas cloro, producto de la reacción química, altamente tóxica. El gas, también conocido como bertrandita, era tan letal que había sido utilizado durante la Primera Guerra Mundial como arma química. Sarah procedió a lanzar la substancia hacia el pasillo por donde venían los oficiales que inmediatamente se llenó del humo espeso que ella provocó. Los policías, a medida que fueron acercándose, inhalaron el gas, cuyos efectos los neutralizaron.

Sarah se dirigió al sitio donde se encontraba Roberto, quien, sin saberlo, estaba parado al lado de una puerta sellada que daba a un túnel.

—Necesito que te pares detrás de esa columna —le pidió.

Sacó de su bolsillo un empaque similar a los otros que contenía C4. Ya había utilizado ese explosivo cuando los emboscaron en el fuerte Amador.

La teniente colocó el material cerca de la cerradura de manera que pudiera reventarla, y le incluyó un dispositivo que llevaba disimulado en un gancho con el que se sujetaba el cabello. El dispositivo, a pesar de su tamaño reducido, podía generar una descarga suficiente para activar el explosivo.

Una vez colocado, se dirigió al otro lado de la columna junto a Roberto. El detonador generó un estruendo que aturdió por unos segundos a Roberto. Sarah, luego de la explosión, jaló a Roberto del brazo para ayudarle a incorporarse. Ambos se internaron en el túnel, que tenía aspecto de cueva. Mientras bajaban a toda máquina, Roberto no pudo evitar preguntarle a Sarah hacia dónde se dirigían. Pero no obtuvo respuesta.

Para su sorpresa, luego de hacer saltar también con C4 la puerta de salida, localizada en el otro extremo del cerro, se percataron de que no había agentes allí y, en su lugar, se encontraron con un sujeto que parecía estar más asustado que ellos en una caseta de control. El funcionario de Gobierno solía estar solo todo el día escribiendo los datos de los turistas que pasaban por ahí para subir a la cima del cerro. Aquella explosión lo tomó por sorpresa, pues jamás lo habían entrenado para lidiar con esas situaciones. Con la mirada atónita, por el estruendo se cayó de espaldas de su silla, donde estaba tomando una siesta, y quedó aturdido.

Al final, alcanzaron a salir del túnel hacia una escalera en las laderas del cerro Ancón y, a todo correr, descendieron hacia una concurrida avenida conocida como avenida de los Mártires, sorprendidos de que, de ese lado del cerro, no hubiera agentes.

Sarah divisó una motocicleta que había dejado un repartidor del otro lado de la calle, la cual pasaron de prisa y, como pudo, la encendió, cruzando unos cables luego de quitar la cubierta con la culata de la pistola que había tomado de uno de los policías.

—Roberto, ¿vienes o te quedaras de pie?
—¡No! Voy, voy.
Se montó en la motocicleta y partieron a toda velocidad, alejándose del área.

Foto de la salida trasera del túnel que conecta al bunker. Mapa donde se aprecia el túnel localizado en QUARRY HEIGHTS, en las faldas del Cerro Ancón.

CAPÍTULO 6
ENTRE LA VERDAD
Y EL ENGAÑO

Frente a Antonio se encontraba un altar, estaba despojado de su camisa, con el pecho descubierto y de rodillas.

Estaba dentro de un templo masónico y parecía que era partícipe de una ceremonia.

Todo estaba oscuro, solo podía visualizar siluetas a su alrededor. No sabía cómo había llegado allí. De pronto, uno de los sujetos se le acercó y se colocó al frente. Con una voz de autoridad interrogó a Antonio.

—Dime, ¿qué es lo que más quieres?

Confundido, miraba a su alrededor buscando respuestas. Nuevamente escuchó, con un tono más alto.

—Dime, ¿qué es lo que más quieres?

Él, angustiado, sentía que no podía hablar y su corazón comenzaba a latir con mucha más rapidez. Por tercera vez escuchó:

—Dime, ¿qué es lo que más quieres?

De pronto, escuchó un susurro cerca de su oído que le dijo:

—Más luz.

Antonio repitió en alto:

—¡Más luz!

A lo que el sujeto de pie frente a Antonio respondió:

—Así será.

Repentinamente, Antonio abrió sus ojos, la luz de la habitación donde estaba acostado acababa de ser encendida por una mujer que se encontraba al lado de la puerta. Sus ojos apenas enfocaban bien. Poco a poco, fue aclarándose su visión, dejándole ver a una mujer asiática que lo observaba,

—¡Jo, tú sí duermes! Tenemos mucho que hacer, ¡levántate!

—Pero ¿qué está pasando?

Antonio se puso de pie y divisó un lavamanos. Se dirigió hacia el baño, localizado frente a la cama, para lavarse la cara.

—¿Quién eres tú? Y ¿qué hago aquí? —preguntó él, confundido.

—Ven, acompáñame para que comas algo.

Antonio acompañó a Mey Lin a la sala de la casa. Para su sorpresa, vio a unos niños corriendo y a una señora de como 75 años, todos asiáticos.

La señora puso en la mesa un plato de sopa con bolitas de pescado y, mirando a Antonio y sonriendo, le dijo:

—Come, sopa para ti, buena para ti.

Él le dio las gracias y se sentó a la mesa. Luego, ella puso un plato de arroz blanco, unas hojas de mostaza y puerco asado.

Antonio no podía creer lo que veían sus ojos. Hacía más de tres años que vivía en Medellín e, irónicamente, una de las cosas que extrañaba era la comida china. A pesar de haber ordenado comida china en tierras antioqueñas en varios restaurantes, nunca consiguió quedar satisfecho.

—Estabas hambriento, se nota— dijo Mey Lin con picardía

—Sí, no tienes idea —respondió él.

Cada uno de los platos poseía ese sabor tan particular que tanto extrañaba, y sentía cómo el alma le regresaba al cuerpo.

Luego de terminar, dio las gracias a la señora y, con el estómago lleno y muy satisfecho, intentó obtener respuestas de la misteriosa mujer asiática que lo había rescatado y a la que nunca había visto en su vida.

—Disculpa, pero hace unas horas era un rehén y fui testigo de algo terrible. Muchas de las personas que se encontraban allí murieron. Al ex mayor Caicedo también lo asesinaron, estuve a punto de morir. Sin embargo, ahora estoy en este sitio contigo, necesito saber qué está pasando. Lo primero, ¿cómo te llamas?

—Mi nombre es Mey Lin, y yo te salvé.

Antonio respiró profundamente.

—Gracias, Mey Lin. ¿Me podrías decir qué hago aquí?

—Te cuento. Las personas que los capturaron están buscándote, seguramente al igual que a todos aquellos que estaban en la operación para detener el ataque que están planeando. No sé mucho más sobre lo que pretenden, pero sí que están dispuestos a hacer lo que sea necesario para evitar que nadie se interponga en su camino. He estado tratando de descubrir sus intenciones, pero hasta ahora no he tenido mucho éxito. Necesitamos encontrar una manera de detenerlos antes de que sea demasiado tarde. Hemos de hacer algo, y pronto.

—¿Cómo sabes sobre el ataque? Es más, ¿cómo puedo confiar en ti?

—No trabajo para ellos, trabajo para la agencia de inteligencia de la República Popular China, y soy panameña.

Antonio, sorprendido por lo que acababa de escuchar, tomó asiento en la silla y se quedó en silencio mientras reflexionaba sobre lo que había oído. Se le pasaron por la cabeza muchas preguntas: ¿Quiénes eran esas personas que lo habían capturado y por qué estaban planeando un atentado masivo? ¿Cuáles eran sus objetivos y qué estaban dispuestos a hacer para alcanzarlos?

—¿Querías la verdad? Pues te la estoy diciendo. Me envió a esta misión el Gobierno chino después de interceptar comunicaciones que revelaban que se estaba planificando un atentado a gran escala. Estábamos llevando a cabo una investigación sobre una red de contrabando que utilizaba barcos chinos de pequeño calado para actividades ilegales. Estos barcos fueron vistos por última vez en Panamá y, en medio de esta investigación, encontramos indicios de que se estaba preparando un atentado contra el Canal. Pero eso no es todo. Las personas que están detrás de este plan quieren hacer creer que el Gobierno chino es el responsable. No sé mucho más sobre el atentado en sí, pero sé que va a ser algo muy grave y que podría acarrear consecuencias devastadoras. Estoy dispuesta a hacer lo que sea necesario para detenerlo, incluso arriesgar mi vida. No puedo permitir que tantas personas inocentes resulten heridas o muertas a manos de estos terroristas.

—Pero ¿quiénes son?
—No lo sabemos, la información que manejamos es la misma que manejan los israelíes. He estado monitoreándolos desde hace varias semanas y, finalmente, hace unos días detecté un movimiento inusual e identifiqué a un agente encubierto del Mossad que había llegado al país, y luego aparecieron

ustedes dos.

—Roberto y yo.

—Sí. Me dejaron muy confundida, porque no lograba identificar quiénes eran, y hasta tuve que consultar con nuestros operativos en Panamá.

—¿Operativos en Panamá, dices?

—Sí, sé que alguien como tú no lo sabe, pero en este país existen operativos de muchas organizaciones de inteligencia de todas partes del mundo. Algunos se dedican a recabar información, otros a reclutar, y otros a sobornar y llevar a cabo sus operaciones en el anonimato. La mayoría de ellos son secretos y trabajan en la oscuridad, lejos de la mirada del público. Pero yo he estado involucrada en esto durante años y he visto cosas que te dejarían sorprendido. Hay mucho más de lo que parece en el mundo de la inteligencia y el espionaje.

—¿Que tiene que ver eso conmigo?

—Bueno, por alguna razón te pidieron unirte al grupo y no disponemos de mucho tiempo ni de suficiente información, así que toda la que tengas, por mínima que te parezca, es importante. Además, uno de nuestros agentes de inteligencia locales que conocía tu identidad pidió que te mantuviese a salvo y te protegiera, de ser necesario.

—¿En serio? Todo esto para mí resulta muy confuso, necesito comunicarme con el ministro Bastimento y con Roberto.

Mey Li, observado fijamente a Antonio, movió su cabeza.

—Creo que eso no será posible.

—¿Qué quieres decir?

—Así como a ustedes en el Fuerte Sherman, al otro grupo lo emboscaron.

Antonio colocó sus manos en el cabeza, desconcertado.

—¡No puede ser!

—Lamento decirte que seguramente ellos corrieron la misma suerte que el resto de las personas que te acompañaban.

Antonio se puso de pie con una sensación de urgencia y señaló a Mey Lin con determinación. Se sentía abrumado por la enormidad de lo que acababa de descubrir y temía que el mundo se le viniera encima. «No puedo creer lo que estoy escuchando. Esto es algo más grande de lo que jamás podría haber imaginado. ¿Cómo podemos detener este atentado? ¿Cuáles son nuestras opciones? ¿Podemos confiar en alguien más para que nos ayude? ¿Cómo podemos garantizar nuestra seguridad mientras llevamos a cabo esta misión peligrosa?».

—Todo esto que me dices puede ser falso, quizá es una mentira para que confíe en ti. ¡Seguramente formas parte de la gente que está detrás de esto!

Mey Lin, evidentemente enfadada, empujo a Antonio y lo sentó de un solo jalón.

—Adelante, ahí está la puerta. Si quieres retirarte, hazlo. Te he dicho la verdad y claramente aún no confías en mí.

Mey Lin salió de la sala, dejando a Antonio solo y aturdido. El ruido de unos niños jugando alrededor de él lo sacó de su trance momentáneo y, luego de unos minutos de reflexión, decidió ir a buscarla. Salió de la sala hacia un pasillo. Al final de este, se encontró detrás de un mostrador de lo que parecía ser una ferretería. Desde ahí, pudo observar a Mey Lin de pie a un lado de la calle, como si estuviera esperando a que él saliera. Antonio se acercó a ella con cautela, sin estar seguro de lo que iba a pasar a continuación.

Había decidido acompañarla. Al llegar a su altura, le dijo:

—Discúlpame. Entiende que esto es muy abrumador. Hace apenas unas horas viví una experiencia traumática y aún no sé cómo procesarla. Soy una persona simple, no estoy acostumbrado a enfrentar situaciones tan peligrosas como la de hoy.

—Antonio, comprendo tu desconfianza y tu miedo. Lo que te estoy contando puede ser difícil de aceptar, y puede que sientas la necesidad de protegerte de mí. Pero te aseguro que cuanto te he dicho es cierto. Yo misma soy una víctima de esta conspiración y estoy dispuesta a hacer lo que sea necesario para detenerla. No soy tu enemiga, sino tu aliada. Si decides no confiar en mí, entiendo tu decisión, pero te suplico que, al menos, consideres la posibilidad de que no te haya mentido. Estamos en una situación muy peligrosa y necesitamos trabajar juntos para protegernos y detener a estos terroristas antes de que sea demasiado tarde. Por favor, piensa en ello. —Se dio la vuelta con dirección hacia la tienda de sus parientes y, cruzando sus brazos continúo hablando—. ¿Sabes?, los primeros chinos que llegaron a Panamá en embarcaciones vinieron en condiciones casi de esclavitud porque sus contratos eran de ocho años, y a muchos los engañaron. Algunos eran traídos mediante un contrato de trabajo, pero otros eran prácticamente secuestrados e inclusive algunos chinos —en combinación con extranjeros— se dedicaban al contrabando de sus ciudadanos. A estos barcos que traían chinos se los conocía con el nombre de «infiernos flotantes». Muchas personas no saben que los chinos enfrentaron condiciones muy difíciles a su llegada a América. Después de perder las guerras del Opio, muchos de los ciudadanos chinos quedaron desprotegidos y, durante muchos años, fueron explotados, llevados a trabajar en plantaciones, azotados, abusados, y vivieron en condiciones deplorables. Existía una gran demanda de mano de obra barata y, debido a su bajo costo, los chinos eran traídos para reemplazar a los esclavos negros. Aunque algunos aceptaron embarcarse voluntariamente, en la mayoría de los casos, fueron víctimas de engaños. La mayoría de los que llegaron a América provenían de regiones de la provincia de Cantón y otras provincias del sur de China. A su llegada, los chinos eran conocidos como culíes, un término que se originó para identificar a los trabajadores que eran traídos de la India, pero que luego fue utilizado para describir a los chinos en general. Aunque se habla mucho de las terribles condiciones en las que vivían los esclavos negros, se dice que las condiciones de los chinos eran aún peores. Muchos de ellos fueron llevados a trabajar en plantaciones de algodón, caña de azúcar y otros cultivos, donde eran sometidos a un trabajo duro y peligroso, sin derechos ni protección. Muchos de ellos murieron a causa de las condiciones de trabajo y de las enfermedades contraídas en el nuevo continente.

Antonio, sorprendido por lo que le había contado Mey Lin, observó cómo se desenredaban estos sucesos. Desconocía estos detalles y se quedó boquiabierto al escuchar la historia de la joven.

—Dime, ¿alguna vez has oído hablar de un lugar cerca de Gamboa llamado Matachín?

—No —respondió Antonio, intrigado—. ¿Dónde queda?

—Cuando se trajo a los inmigrantes chinos para trabajar en la construcción del ferrocarril a inicios de la década de 1850, fueron ubicados en un campamento con ese nombre cerca de los ríos Chagres y Obispo. El contrato de la Compañía del Ferrocarril estipulaba que esta debía suplirles opio a los asiáticos, que fumaban en pipas.

Luego de un tiempo la compañía del ferrocarril decidió detener el suministro de la substancia cuando uno de los ingenieros escribió al Congreso de los Estados Unidos para quejarse. La substancia los ayudaba a sobrellevar las duras condiciones por las que pasaban. La soledad por estar lejos de su familia, la carencia de alimentos adecuados, el clima y las enfermedades. Ante la ausencia de la substancia mas de 900 chinos optaron por quitarse la vida. La mayoría de los suicidios masivos tuvieron lugar en Matachín.

—¡Qué horrible! —exclamó Antonio, horrorizado—. ¿Cómo pudieron hacer eso con los chinos? ¡Es tan injusto y cruel!

Mey Lin asintió tristemente.

—Sí, fue una época muy difícil. Con mucho esfuerzo, los que decidieron permanecer en Panamá trabajaron muy duro y contribuyeron con el desarrollo de país, principalmente en el comercio.

—Sin embargo, a pesar de los años, todavía había políticos y comerciantes oligarcas que nos despreciaban y nos consideraban inferiores. Muchos, incluso en posiciones de poder, expresaban su resentimiento hacia los trabajadores chinos y afrodescendientes que eran propietarios de pequeños establecimientos comerciales. Creían que éramos un grupo foráneo refractario a la asimilación y, en consecuencia, procedieron a despojarnos de nuestra nacionalidad. Otros simplemente albergaban profundos prejuicios raciales. Los chinos propietarios de pequeños negocios sufrieron la expropiación y, más tarde, muchos de esos negocios abrieron sus puertas de nuevo, pero con propietarios panameños.

Luego de decir esto, Mey Lin miró fijamente a Antonio a los ojos, con una expresión grave y apasionada.

—Entiendo que no confíes en mí y no quieras cooperar conmigo. Por eso, no me dejas otra alternativa.

—¿De qué hablas? Pensé que no era tu intención hacerme daño ¿Qué piensas hacer?

—¿Crees que te voy a asesinar o a torturar? Si hubiese querido, lo hubiese hecho hace tiempo. Acompáñame.

—¿Adónde me llevas?

—A conocer a alguien que me habló de ti y sabía quién eras. Como no me crees a mí, quizás le creas a él.

CAPÍTULO 7
UNA OPERACIÓN
PARTICULAR

Sarah y Roberto finalmente llegaron a un condominio en el área bancaria del centro de la ciudad. La familia de Sarah tenía un apartamento que usaba durante sus visitas, y aunque ella se había registrado en un hotel, había dejado sus pertenencias más valiosas en él. Al entrar, Sarah se aseguró de revisar todos los rincones, ventanas y puertas para asegurarse de que el lugar era seguro.

—Roberto, en el clóset hay ropa limpia, deberías cambiarte.

—Si, claro. ¿Crees que estemos seguros aquí?

—No disponemos de muchas opciones en este momento, así que tendremos que permanecer aquí. Además, lo que sucedió hoy me hace sospechar que alguien dentro del grupo de la policía está involucrado. Aquello fue claramente una emboscada.

—Pero esto es una locura, ¿en quién podemos confiar?

Sarah respiró profundamente, hizo una pausa y se dio la vuelta.

—En este negocio, más que la confianza, predominan los intereses.

Sarah tomó de un maletín un revólver, algunas provisiones y un móvil, además de un morral con documentos, dinero en efectivo y papeles.

—Roberto, espero que tengas hambre, vamos a visitar un restaurante cerca de esta área. Acompáñame.

Él apenas se estaba terminando de abotonar la camisa y salió detrás de Sarah,

—Toma, colócate esta gorra.

—¿Dónde vamos?

—Solo a unas cuadras de este edifico hay un restaurante de comida árabe.

—¡Sí! Lo conozco, he almorzado ahí varias veces. Estuve trabajando en la Fiscalía de Cuentas y a los funcionaros del Gobierno les dan un descuento buenísimo.

—¿En serio? Déjame adivinar: muchos funcionarios van a comer ahí, ¿cierto?

—Si, se llena bastante. Espera, no me digas que...

A su llegada al restaurante, Sarah y Roberto se dirigieron hacia la barra principal. La decoración del restaurante estaba inspirada en el Medio Oriente. El encargado de la barra los observó por unos momentos antes de darse la vuelta. El lugar estaba lleno, mayormente de funcionarios públicos que aprovechaban el descuento. Mientras Roberto examinaba el menú para ver los especiales del día, Sarah permanecía inmóvil. Después de un rato, ella comenzó a hablar en árabe con el sujeto que estaba detrás del mostrador. Roberto inmediatamente sintió la tensión en el diálogo. Sarah se acercó nuevamente al sujeto y esta vez le habló en español.

—Quiero ver a Ameth, sé que está aquí y, si no quiere que destape su pequeña operación, será mejor que nos reciba.

En ese momento, el encargado del restaurante movió la cabeza y, ante la atención de los demás clientes, el teléfono comenzó a sonar. Después de una breve conversación en árabe, el encargado levantó la puerta detrás del mostrador y, con un gesto, invitó a Sarah y Roberto a seguirlo. Los demás clientes siguieron disfrutando de sus alimentos mientras el trío se dirigía a una habitación privada en la parte trasera del restaurante. Siguieron al sujeto a través de la cocina con dirección a una puerta que daba a una oficina. Ingresaron junto al árabe y, de pronto, de una pared se abrió una puerta.

—Adelante, ¿quieres conversar con él, cierto?

—Sarah, ¿está segura de continuar? —susurró Roberto.

—¡Shh! Silencio.

El dúo siguió adelante y atravesaron la puerta secreta.

De pronto, un hombre irrumpió en la habitación con una gran carcajada, sobresaltando a Roberto. «¡Ah! ¡La teniente Sarah Cohen! As-salaam 'alaykum ('Que la paz y prosperidad de Dios esté con ustedes') ¡Qué placer tenerla con nosotros! ¡Parece que está desesperada y ha venido a visitarnos! ¡Ja, ja, ja! Vengan conmigo, les presento a Mohamed. Mohamed, ella es una colega en el negocio».

Roberto no podía creer lo que estaba viendo. Había computadoras grabando las conversaciones y reuniones de todas las personas que iban a almorzar al lugar.

—Ameth, sé que no te interesa que los americanos intervengan en el país ni que el Canal de Panamá sufra algún tipo de ataque, ¿verdad?

—¡Para nada! Solo estamos recabando información.

No tenemos interés en intervenir, pero sí en saber lo que está pasando.

Sarah se acercó a Mohamed y a Ameth, con una expresión de determinación en su rostro.

—Sabemos que ha habido informes de un posible ataque al Canal y estamos tratando de descubrir quiénes podrían estar detrás. ¿Han interceptado alguna información al respecto?

Mohamed frunció el ceño y respondió:

—Lo siento, no podemos compartir información con usted, especialmente si es un agente israelí.

Sarah no se rindió.

—Sé que disponen de acceso a fuentes locales y puede que haya personas infiltradas que estén involucradas en este asunto. Todos poseemos razones para estar comprometidos con este país y sabemos lo que podría suceder si hay un atentado al Canal. Incluso una pequeña parte de la población correría el riesgo de perder la vida.

Mohamed y Ameth intercambiaron unas palabras en árabe antes de que Ameth se dirigiera a Sarah y a Roberto.

—Tomen asiento. Escuchen, no tenemos ningún nombre en particular, pero nuestra misión aquí es recopilar información para mantenernos al tanto de lo que sucede en el país.

—Nos habían llegado rumores de un cargamento con dirección hacia el continente que llevaba por vía marítima unos misiles militares de la Segunda Guerra Mundial y que fueron vendidos por medio del mercado negro ruso a un cartel en México. Nuestra agencia fue asignada para seguir el rastro de ese cargamento e informar sobre su destino y comprador cuando llegara a Panamá. Sin embargo, a pesar de nuestros esfuerzos, no pudimos obtener información sobre el cargamento cuando este atravesó el Canal y estuvo varios días en un puerto en la ciudad de Colón. Todo lo relacionado con ese buque parece estar gestionado por una oficina superior y nuestros operativos en la ciudad encontraron problemas para acceder a la información.

Lamentablemente, cuando el buque zarpó hacia México, nuestros informantes reportaron que el cargamento había desaparecido y perdimos su rastro. Aunque no sabemos con certeza cuál fue su destino final, sospechamos que no salió de Panamá. Los misiles eran parte del armamento utilizado por los soviéticos en su sistema de lanzacohetes conocido como Katyusha. El buque se llamaba Jano.

—¿El nombre de la embarcación era Jano? —preguntó Roberto.

—Sí, así es.

—¿Por casualidad llegaría a Panamá hace seis meses? ¿Quizá hacia la última semana de junio?

—Sí, como en esos días.

—¿Qué pasa, Roberto?

—Sarah, del 21 al 23 de junio, aproximadamente, tiene lugar el solsticio, que guarda relación con Janus, y, si estas fechas son tan importantes y no producto del azar, significa que algo muy importante ocurrirá en el próximo solsticio, en unos días. No me sorprendería que planeen el ataque en esa fecha.

—Si lo que dices es cierto, no nos queda suficiente tiempo.

Ameth percibió su preocupación y tomó asiento.

—No poseo más información, siento no poder darles más apoyo.

en unos días. No me sorprendería que planeen el ataque en esa fecha.

—Si lo que dices es cierto, no nos queda suficiente tiempo.

Ameth percibió su preocupación y tomó asiento.

—No poseo más información, siento no poder darles más apoyo.

—Sarah, quizás exista alguien que nos pueda dar alguna información útil.

—¿De quién hablas? Recuerda que debemos andarnos con mucho cuidado

—Descuida, en esta persona puedo confiar, he confiado en ti; solo te pido que confíes ahora en mí. Además hay un juramento de por medio.

CAPÍTULO 8
UNA MÁSCARA
DE PORCELANA

Mey Lin y Antonio llegaron al centro de Colón y se detuvieron en una calle entre la 8 y la 9, cerca de la avenida Central. Mey Lin sacó su teléfono móvil del bolsillo y realizó una llamada en chino mientras Antonio esperaba en el coche.

—Pensé que no era seguro hacer llamadas.

—Correcto, pero este es un teléfono especial con tecnología china, está equipado con un software único con características centradas en la privacidad y seguridad de la comunicación entre sus usuarios, ya que, además de un interruptor para borrar automáticamente los datos del dispositivo, cuenta con una VPN que cambia cada 30 minutos.

Seguido de esto, Mey Lin le indicó con un gesto al preocupado copiloto que la acompañara.

Después de todo lo que Antonio había vivido, en este punto no podía echarse para atrás. Además, por su naturaleza curiosa requería respuestas y probablemente ella le conduciría a quien pudiera darles algunas. A su llegada, se encontraron con unos sujetos de descendencia china sentados a un lado de la puerta. Uno de ellos era un señor mayor con un cigarrillo y unos ojos penetrantes que no dejaba de mirar el rostro de Antonio.

Mey Lin intercambió unas palabras en chino con uno de los sujetos, y luego el otro tocó la puerta de la casa.

En su nerviosismo, Antonio no prestó cuidado al sitio,

pero, al levantar la mirada, se dio cuenta de que el edifico estaba decorado con letras chinas y lo que parecían ser unas columnas a los lados. No parecía un edificio cualquiera, sentía que estaba frente a lo que parecía, si su intuición no le fallaba, un templo. Al ingresar al recinto, lo primero que notó fue un fuerte olor a incienso y paredes decoradas con colores dorados y rojos. Había diversos símbolos en el ambiente, pero también una sensación familiar debido a las imágenes, similares a las utilizadas en la masonería.

Al fin lo encontró frente a él, cuando entró en una sala de reuniones y se topó con el símbolo universal de la masonería: la escuadra y el compás. Sin embargo, algo no cuadraba. No recordaba haber oído hablar de ese templo ni de ese nombre desconocido que rodeaba el emblema: «Chee Kung Tong», Una persona apareció de pronto en el salón donde se encontraban.

—¿Goti? ¿Antonio Goti?

—Sí, mucho gusto.

El hombre, de rasgos asiáticos, extendió la mano y le dio un apretón de manos que Antonio reconoció de inmediato como el toque del grado de maestro masón.

—¿Usted es?

—Me llamo Juan Hun y, al igual que tú, soy masón.

—Nunca había escuchado hablar de esta logia, ¿desde cuándo están operando?

—Desde finales de la década de los 20, en Panamá. Por favor, toma asiento.

En Colón a finales del siglo XIX se fundaron muchas logias masónicas, que fueron consideradas por otros grupos masónicos como irregulares. Muchas de estas logias «irregulares», como alguno las denomina, estaban integradas por afrodescendientes, chinos y panameños que no pertenecían a la clase política ni a la oligarquía de ese momento.

Algunos miembros de la comunidad china que habían podido establecerse como comerciantes formalizaron una logia regular en Colón en la década de los 20 llamada Doric 09. Uno de sus miembros fundadores fue Sam Shenalloy, también miembro fundador de la logia Thistle n.º 1013. El creciente ambiente xenofóbico llevó a dicha logia a desaparecer y, en su lugar, algunos miembros chinos que deseaban continuar trabajando en la logia solicitaron carta patente y fundaron la logia Chee Kung Tong Panamá. El sentimiento de discriminación a los grupos chinos y afrodescendientes fue en aumento y, a finales de la década de los 30, llegó a su punto máximo con la llegada al poder de Arnulfo Arias, pero él no era el único, existían grupos organizados como la Sociedad Antichina Panameña. Eso llevó a los hermanos a trabajar en la clandestinidad. La logia por muchos años sirvió como una asociación prácticamente de beneficencia. En sitios como Colón servíamos como centro de apoyo, cooperativa o casi un substituto del seguro social para nuestra comunidad.

Antonio no terminaba de sorprenderse con lo que escuchaba.

—Hace más de quince años que me he iniciado como masón en Panamá y jamás me han hablado o he escuchado de ustedes.

—Nadie le hablara de nosotros. Para algunos masones, solo ellos merecen el título de ser llamados así, pero eso nos trae sin cuidado.

En ese momento, Antonio notó que una de las paredes estaba adornada con diversos cuadros con certificados y fotografías de miembros prominentes, y allí divisó un logo que le llamó la atención.

Este consistía en un sello redondo con los colores amarillo verde y rojo, con letras chinas, aunque en español se podía leer una frase: «ALIANZA PANAMEÑA PRORREUNIFICACIÓN PACÍFICA DE CHINA».

—Veo que, pese a ser una logia masónica, sostienen una posición política. En nuestros talleres tratamos de no discutir temas relacionados con política ni religión.

—No te voy a mentir, somos una logia masónica, pero con una visión un poco diferente en estos temas. Además de que para nosotros la reunificación no es un tema político, es más complejo que eso.

—Para mí no deja de ser un tema político, y me cuesta mucho creer que una logia masónica tome esas posiciones. Perdón, pero aún no estoy convencido de que sus intenciones sean buenas. —Antonio, aunque aún no estaba convencido, se dirigió a Juan con sospecha—. Escúchenme, si quieren que confíe en ustedes, les recomiendo que sean sinceros. Esto es muy sospechoso. Aún no entiendo de dónde obtuvieron su carta patente, de qué rama de la masonería proceden y cómo pueden adoptar una posición política y apoyar una causa que favorece al régimen comunista chino, sabiendo que la masonería está prohibida por ese régimen. Les recomiendo que me digan la verdad.

Además, este templo, a pesar de contar con símbolos masónicos, es muy diferente a un templo masónico. En realidad, cuenta con más símbolos chinos que masónicos.

¿Cómo puede ser esto? ¿Cómo pueden adoptar una posición política que favorece al régimen comunista chino y, al mismo tiempo, tener símbolos masónicos en su templo?

Mey Lin cruzó los brazos y miró a Juan con desconfianza. Con un gesto, Juan le pidió que los dejara solos. Ella asintió y se alejó, quedando Antonio y Juan a solas. Antonio no podía dejar de sentirse desconcertado y confundido por lo que estaba sucediendo. ¿Qué estaba pasando aquí? Juan esperó a que Mey Lin se alejara. Luego de una pausa, continuó hablando.

—Antonio, sé que esto puede ser confuso para ti. Pero te pido que me concedas un poco de tiempo para explicarte todo con detalle. La Asociación Hung Men Chee Kung Tong, a la que pertenezco, fue fundada en 1887 en Estados Unidos y procede de una rama de la sociedad secreta de la liga Hung, del sur de China, un movimiento chino internacional fundado en el siglo XVII para derrocar a la dinastía Qing de Manchuria, quienes derrocaron a la Ming. Es decir, nuestros orígenes datan de las triadas. Durante finales del siglo XIX nuestra sociedad brindó su apoyo político al doctor Sun Yat-Sen, considerado el padre fundador de la república de China. El doctor Sun Yat-Sen inició una campaña para derrocar a los gobernantes manchúes de la dinastía Qing. Nuestra organización adoptó los principios y simbología de las organizaciones masónicas y fuimos reconocidos en el mundo anglosajón como Chinese Freemasons.

—Algunos podrían sugerir que adoptaban la simbología masónica como forma de camuflaje para no levantar sospechas y mantener ocultas sus intenciones políticas —comentó Antonio.

—Nunca hemos ocultado nuestras posiciones políticas —aseguró Juan—. Incluso en China tenemos presencia formal como un partido político. Nuestra causa es justa. Nuestra asociación brindaba protección y apoyo a los inmigrantes chinos, aunque seguíamos funcionando con las mismas características de las sociedades secretas establecidas en la antigua China. A finales de la década de los 20, en vista de las dificultades que estábamos afrontando y las discriminaciones en Panamá, un grupo de miembros de la orden realizó los contactos para traer esta vertiente y poder operar en nuestro país.

—Hermano Hun, aprecio mucho todo lo que me estás contando y te doy las gracias por ello, pero aún no entiendo cómo se relaciona con lo que está sucediendo. ¿Puedes explicarme más sobre eso?

—A pesar de no pertenecer a una logia regular, como ustedes las llaman —dijo Hun— me comunico con muchos miembros masónicos, principalmente de mayor edad, y trato de mantenerme al tanto de lo que sucede. Sabía de ti a través de amistades de hermanos mutuos que tenemos y, cuando te identificaron a través de las investigaciones que realizaba Mey Lin, pedí que te mantuvieran a salvo.

—Agradezco mucho lo que hizo señor Hun, pero, a pesar de lo que me dice, me cuesta mucho confiar en ustedes después de lo que he visto.

—Comprendo, yo también desconfiaría en tu lugar —dijo el hermano Hun—. Entiendo que la situación es muy abrumadora, pero te puedo asegurar que lo que menos queremos es que ocurra una tragedia de esa magnitud. Hay un grupo extremista que busca atacar el Canal y hacer ver que los chinos somos los responsables. Ya hemos vivido persecuciones y, para los chinos panameños y los panameños en general, esto sería terrible.

Luego de estas palabras, Juan se dio la vuelta con

un tono más solemne y dijo:

—Solo te estoy dando lo que, como masones, buscamos: más luz.

En ese momento, Antonio recordó el sueño que había tenido unas horas antes, cuando se encontraba en un templo a punto de despertar. ¿Sería eso un mensaje de los masones? ¿O una simple coincidencia? No sabía qué pensar,

—¿Qué fue lo que dijo?

—Que cuanto te he dicho es verdad, ¿es lo que querías saber? Es lo que todos los masones buscamos: más luz.

En ese momento Antonio recordó las palabras de un antiguo maestro y viejo amigo que le decía:

—Nada es casual.

Justo en ese momento, Antonio se levantó y, como si fuera un resorte, se dirigió a Juan:

—Está bien, confiaré en ustedes. Espero no defraudarme. Les diré lo poco que sé, pero primero debo intentar comunicarme de alguna forma con el otro grupo de mis compañeros.

En ese momento, Juan llamo a Mey Lin para que entrara.

—Mey Lin, necesito comunicarme con el grupo que se dirigió al fuerte Amador.

Ella detuvo a Antonio con un gesto negativo.

—Es imposible, es muy arriesgado seguramente todos los teléfonos están intervenidos. Si intentamos mandarles un mensaje, seguramente los pondríamos a ellos en peligro, y a nosotros.

Antonio apuntó al móvil de Mey Lin.

—¿Ese móvil que utilizas lo pueden interceptar?

—No, sin embargo, sí tienen intervenidos los teléfonos a los que llamemos, sería por gusto. Este teléfono utiliza una tecnología de comunicación satelital y está fuera del alcance de cualquier intervención, sin embargo, los teléfonos de ellos no.

En ese momento, a Antonio se le ocurrió una idea.

—Y ¿qué tal si enviamos un mensaje que solo la persona que lo reciba pueda entender?

—¿Que tienes en mente, Antonio?

—Tráeme una hoja y un lápiz.

La asociación Hung Men Che Kung Tong (1887) se fundó con el fin de luchar contra el gobierno imperial. El agregado de la palabra "Hung Men" indica que estaba vinculada con la sociedad secreta de la Liga Hung del sur de China. También se le conoce como en inglés como los Chinese Freemasons of the World. Fuente: Cómo, cuándo y por qué llegaron los chinos a Panamá de Berta Alicia Chen P.

Antiguo templo de la Logia Masonica China localizada en Avenida Central Fabio Galastica) Logo de la Alianza Panameña Pro Reunificación Pacífica de China

CAPÍTULO 9
MEMORIAS
DEL PASADO

Roberto llevó a Sarah a un lugar alejado de la ciudad, donde había contactado con una persona utilizando un equipo de Sarah que le permitía hacer llamadas sin ser interceptado. Según la conversación que sostuvo con el sujeto y lo poco que pudo explicarle, él accedió a ayudarlos. Se trataba de un hermano masón norteamericano que había servido en el ejército de los Estados Unidos y vivía en Panamá, en un corregimiento a pocos minutos de la capital, conocido por su playa, de nombre Veracruz.

Los fines de semana, Veracruz solía llenarse de turistas locales y personas que visitaban el sector hasta altas horas de la noche para pasar el tiempo. Sin embargo, el lugar también era conocido por ser peligroso en ciertos sectores y a altas horas de la noche. Por eso, Roberto y Sarah debían andar con mucho cuidado al pasar el retén que solía estar siempre activo a la entrada del área de la playa.

Cuando llegaron, desde el automóvil que Sarah manejaba, vieron el retén y Sarah le comentó a Roberto su preocupación, ya que seguramente los estarían buscando.

—Roberto, esta idea no me gusta en absoluto. ¿Por qué teníamos que encontrarnos con esa persona justamente aquí?

—Cuando le mencione que veníamos, me dijo que no me preocupara.

De repente, apareció un vehículo al otro lado del retén, un coche de marca americana con al menos veinte años de antigüedad. Su conductor era un estadounidense que llevaba consigo una bandeja envuelta en papel aluminio llena de comida que acababa de cocinar en su asador.

—Hello, friends! Les traigo una picada, había preparado una reunión, pero tuve que cancelarla. Se presentó un problema en una de las tuberías y me he quedado sin agua.

Al ver lo que estaba sucediendo, los policías se alegraron y comenzaron a rodear al americano, quien había traído platos y bebidas para compartir.

—¡Gracias! Algunos de nosotros no habíamos comido aún —comentó uno de los policías del puesto.

—¡Vengan, por favor, tomen asiento y descansen un rato! A propósito, estoy esperando a una persona que viene a reparar los daños de la casa.

Fue en ese momento, cuando el americano con sus luces altas parpadeó las mismas tres veces; dándole a entender a la pareja que era un buen momento para continuar.

—Sarah, adelante. Confía en mí —le dijo Roberto.

Con sigilo, Sarah se acercó a la entrada y fue recibida por el americano justo al llegar.

—¡Finalmente llegan! Necesito que vengan conmigo.

Los policías miraron sobre sus hombros y los vieron en el auto.

—Vienen a mi casa —afirmó el norteamericano.

Uno de los policías le indicó a Sarah con la mano que siguiera adelante, mientras hacía lo posible por no dejar caer el plato de comida.

Ellos siguieron al automóvil adentrándose en un lugar cercano al poblado, por medio de calles estrechas, casas y pequeños locales comerciales. Muchas personas caminaban por las calles. El área parecía ser un lugar donde vivía principalmente gente de clase media baja, pero, al pasar el sector con la mayor cantidad de pobladores, el auto se alejó más del centro y comenzó a subir hacia una colina cercana, adentrándose en un lugar mucho más alejado. Después de conducir por aproximadamente quince minutos subiendo por una carretera en muy mal estado, entre casas que lucían muy diferentes a las del poblado, se sorprendieron al ver el cambio en el entorno, con casas de piedra labrada y protegidas por altos y elegantes portones de madera y hierro. Finalmente, el vehículo del norteamericano se detuvo y dos puertas se abrieron, dándoles acceso a su destino. La casa del exmilitar retirado se encontraba en una colina desde donde se podían ver el mar y parte de la ciudad. Contaba con un terreno amplio donde había diversos cultivos de todo tipo. Al final del camino pavimentado, se encontraba la casa.

—¡Bienvenidos!

De forma afectuosa, el estadounidense abrazó a Roberto y estrechó su mano con el toque del grado de maestro.

—George, te presento a Sarah, es la persona de la que te hablé.

—Mucho gusto, Sarah —dijo, estrechando su mano—. Por favor acompáñenme adentro de la casa.

A la entrada de la casa, la pareja tomó asiento en el estudio, después de pasar por una terraza amplia que adornaba la fachada y ofrecía una vista impresionante.

Una vez en el estudio, Roberto y Sarah comenzaron a relatarle lo que había sucedido desde el momento en que interceptaron el mensaje hasta su escape del búnker en el cerro Ancón.

Según la información recientemente obtenida y lo que sabían hasta ese momento, tenían razones suficientes para creer que el ataque al canal de Panamá era inminente.

—George —dijo Roberto con preocupación— parece que las personas detrás de este plan están utilizando antiguos búnkeres norteamericanos, pero fuimos emboscados, lo que nos hace pensar que quienquiera que esté detrás de esto posee contactos y está infiltrado en las filas de la seguridad del Estado.

George, tras escuchar a Roberto y a Sarah, se puso de pie. Su mirada se clavó en el mar mientras ordenaba sus pensamientos ante estas noticias.

—Estimados —dijo, con un fuerte acento anglosajón—, si están colocando sus esperanzas en rastrear pistas en áreas que solían ser búnkeres norteamericanos, siento decirles que eso sería una tarea imposible. Actualmente en Panamá hay alrededor de 2000 búnkeres y baterías, de los cuales el 60 % aún no han sido descubiertos. Una que otra vez, una empresa realiza trabajos en las antiguas áreas revertidas o cerca de las faldas de lo que solía ser la Zona del Canal y se topa con un búnker que no se conocía. Si su plan era que yo les diera información sobre posibles sitios, lamento decirles que me resultaría imposible. Si me preguntan, no creo que los norteamericanos ni los chinos estén detrás de esto. Al contrario, estos últimos están haciendo lo posible por ganarse la confianza de los países de la región, y un ataque así iría en contra de sus planes de expansión. Sin embargo, hay algo que mencionaron que me llamó la atención. Dijeron que parte del material fue encontrado camuflado como fertilizante y que, según lo sucedido, sospechan que quienes están detrás de este plan están infiltrados en los estamentos de seguridad.

Sarah, se puso de pie y le preguntó:

—¿Qué está pensando?

—Hace muchos años, a finales de la década de los 70, yo era un oficial al que asignaban principalmente trabajos de oficina e inteligencia dentro de las muchas funciones que realicé en el ejército. Por un tiempo estuve en un sitio al que se le conocía como la Escuela de las Américas.

Roberto, con un gesto de sorpresa, interrumpió a George.

—¿Escuela de las Américas? ¿Ese no es un sitio que ahora convirtieron en un hotel?

—Correcto, hermanito. La Escuela de las Américas tenía como principal misión preparar personal militar de los países latinoamericanos para contrarrestar la influencia comunista o de izquierda. Estaba localizada en Fort Gulick, en el lado atlántico de la Zona del Canal de Panamá, y el idioma español era el idioma oficial de la academia. Muchos militares de Latinoamérica visitaron dicha escuela, inclusive el comandante Augusto Pinochet estuvo en varias ocasiones impartiendo cursos en el lugar.

—¿Pero eso cómo se relaciona con lo que estamos hablando? —intervino Sarah, un poco ofuscada.

—Bueno, mientras estuve trabajando en ese lugar, entablé una muy buena relación con un miembro de las Fuerzas de Defensa que en ese momento pertenecía a una división de inteligencia bajo el cargo del general Torrijos. Recuerdo que tuvimos la suerte de conocernos bien porque participamos en un curso en conjunto; además, el hecho de ser un hermano masón estrechó más nuestros lazos de amistad.

—¡Era masón! Interesante —comentó Roberto.

—Él sabía que yo debía tomar una licencia pendiente y en una ocasión me contactó bajo la escuadra (es decir, bajo el juramento masónico) para advertirme que se estaba planeado un atentado al Canal y, que si era posible para mí tomar los días en enero de ese año, que lo hiciera. Yo no le hice caso, al final no sucedió nada, pero años después me lo topé. Ya para esa época las cosas se estaban comenzando a poner tensas entre los norteamericanos y panameños. Le pregunte sobre esa advertencia y me dijo que por suerte no se llegó a llevar a cabo el plan; que ellos lo habían detenido. Le pregunté en broma y en serio que dudaba mucho de que algo así pudiera llevarse a cabo, él me confesó que yo no sabía lo cerca que había estado, lo vulnerable que era el Canal y que los norteamericanos no tenían ni idea de lo que ocurría. Que nos llegaron a pasar explosivos bajo nuestras narices camuflados como fertilizantes sin darnos cuenta. Él había pertenecido a una división de inteligencia, y las personas como él siempre mantienen un pie en el terreno de juego. Si existe algún plan y alguien dentro de los estamentos de seguridad está al tanto del asunto, quizás él pueda poseer más información de la que yo les pueda dar. Además, me resulta muy curioso que utilicen fertilizante para transportar explosivos, quizás eso sea una señal, porque recuerdo claramente que él mencionó ese mismo hecho.

Roberto saltó de su asiento inmediatamente.

—El señor pertenece a una logia, si continua vivo, es cuestión de contactar con él, ¿A qué taller o logia pertenece?

George sonrió de forma picara y colocó su mano sobre el hombro de Roberto.

—Hermanito, hay mucho que aún no sabes de la masonería en Panamá: él es hermano, por lo menos para mí lo es.

—¿Qué quiere decir? —preguntó Roberto intrigado.

—El hermano de quien te hablo pertenece a una logia a que no conoces y que muchos de los hermanos no reconocen, y algunos en su ignorancia la catalogan como irregular.

En ese momento, se escuchó un estruendo fuera. De forma sorpresiva, un grupo de motocicletas ascendía ferozmente hacia la casa. George se asomó por la ventana y pudo ver a un grupo de motociclistas subiendo a toda velocidad. Sin perder tiempo, George retiró una alfombra del piso del estudio y abrió una puerta secreta. De allí, comenzó a sacar municiones y armas. El norteamericano cargó varias armas y lanzó una de ellas a la teniente.

—Espero que sepas manejarla —le dijo.

—Por supuesto —respondió ella.

—Roberto, ¡escóndete en ese cuarto! —gritó George—. Come to daddy! —exclamó mirando hacia afuera y blandiendo una pistola en la mano.

Rompiendo el vidrio de la ventana, el norteamericano comenzó a disparar a los motociclistas a medida que iban apareciendo. Sarah, por su parte, recostada en el piso, apuntando desde la terraza, también disparaba a medida que iban apareciendo. Algunos alcanzaron a disparar, pero fueron sorprendidos por una bomba de humo que los dejó sin visibilidad. Sarah conservaba sus cartuchos y explosivos, que lanzó oportunamente en medio de los motociclistas. Uno de los conductores, en medio de la confusión, entró en la casa a toda velocidad con su motocicleta, destruyendo la sala. El impacto lanzó la motocicleta hacia Sarah, despojándola de su arma y golpeándola con fuerza. Sin embargo, ella no se rindió y rápidamente hizo uso de su astucia: observando que el atacante estaba de pie sobre una alfombra con fuerza la haló, haciéndolo caer al suelo. Sarah aprovechó la oportunidad para arrojarse sobre el atacante y tratar de quitarle el arma. Pero el sujeto era un adversario fuerte y se defendió con un fuerte golpe en el rostro con el codo, haciendo que Sarah cayera al suelo, aturdida. El sujeto se preparó para terminar con ella, pero en ese momento recibió una ráfaga de disparos en el pecho, provenientes del estudio donde estaba George. El atacante cayó derribado por los disparos.

Seguido a esto, George se dirigió al cuarto donde estaba Roberto.

—Roberto, toma esta arma, huye con Sarah en su vehículo. Hablaré con mi contacto, la persona de quien te hablé. Encuéntrenlo en Colón, se llama Malcolm Thompson, búsquenlo en el templo de calle Sexta con avenida Central. Él los encontrará allí.

—Sí, hermano, muchas gracias.

George se dirigió a Sarah, a quien llamó con un silbido,

—Ya los que quedan son pocos, ve con Roberto, yo me encargo.

Roberto y Sarah corrieron hacia el área donde estaban los autos y se subieron al vehículo, arrancaron el motor y se alejaron como alma que lleva el diablo.

—¿Y ahora qué? ¿Qué te dijo George?

—Me dijo a dónde tenemos que ir, un templo localizado en Colón.

Durante 40 años, el ejército de los Estados Unidos estableció y operó un centro de instrucción militar en Panamá que se conoció como "La Escuela de las Américas".

Su principal propósito era proporcionar capacitación a oficiales en la lucha contra el marxismo en America Latina en el contexto de la Guerra Fría, Mas de 60,000 militares y policías de mas de 20 países latinoamericanos se graduaron de esta institución, convirtiéndola en un importante punto de referencia en el ámbito militar de la región.

CAPÍTULO 10
UNA JUGADA
PELIGROSA

Antonio se encontraba trabajando en un cifrado para comunicarse con Roberto y probar suerte cuando, de repente, Juan recibió una llamada a su celular. Por su gesto, no eran buenas noticias. En idioma hakka le dijo algo a Mey Lin, quien inmediatamente tomó del brazo a Antonio.

—Hay que irse, Antonio, apúrate.

—¡Pero aún no he terminado! ¿Qué pasa?

—Están aquí, ¡nos descubrieron!

Al terminar la frase, se escucharon unos disparos provenientes de la entrada principal. De pronto, varios miembros de la sociedad china se incorporaron, mientras se enfrentaban con los agentes mercenarios, acompañando a Juan.

—¡Rápido, salgan de inmediato! Hay una salida trasera.

Mey Lin y Antonio salieron del templo por una escalera localizada en la parte trasera del edificio, con sigilo y mucho cuidado caminaron para no ser descubiertos, y se alejaron del lugar.

—¿Cómo nos encontraron? —pregunto Antonio.

—Te digo que están en todos lados y te están buscado, a pesar de que pienses que no sabes nada, sigues siendo una amenaza y deben eliminarte, no me sorprendería que sepan que estamos en contacto, así que, seguramente, también saben de mí.

A medida que fueron alejándose del área del tiroteo, mientras avanzaban por la avenida Central en Colón, Mey Lin se dio cuenta de que dos individuos estaban tras de ellos.

—Antonio, nos están siguiendo, pero se me ocurre una idea. Sígueme.

Los mercenarios aceleraron el paso para acortar distancia mientras se movían entre la gente en la avenida Central. Mey Lin, conocía muy bien Colón, ya que siempre vivió en la provincia, localizada en la costa atlántica del país. A pesar de haber sido muy cuidadosa toda su vida, tratando de no meterse en el área por donde ahora se dirigiría, jamás pensó que estaría tan contenta de hacerlo. Aunque arriesgado, su plan en ese momento era la única idea que se le vino a la cabeza. Antonio desconocía por completo adónde se dirigían y, si lo hubiera sabido, seguramente hubiese dicho algo al respecto.

Los mercenarios no sabían hacia donde se dirigían y, mucho menos, que iban a una zona roja de mucho peligro en Colón. Se trataba de calle Tercera y calle Cuarta con Vaticano.

Antonio sintió de inmediato que llegaban a un lugar peligroso. Las calles estaban llenas de pandilleros y los edificios, en mal estado, tenían el suelo encharcado y un fuerte olor fétido. Había algunas personas asomadas a los balcones de los edificios grises y en ruinas, mientras que se oían música y gritos en el aire.

A pesar de esto, la arquitectura de los edificios aún mostraba signos de lo que había sido en el pasado. Las hermosas estructuras con arquitectura francesa y española estaban completamente abandonadas, pero aún se podía apreciar su belleza. Las casas adosadas criollas eran quizás las piezas más emblemáticas de la arquitectura en Colón, con paredes gruesas, arcadas, balcones de hierro fundido y fachadas con una disposición asimétrica de aberturas arqueadas. Estas majestuosas estructuras estaban completamente en el abandono, con sus tejados inclinados y parapetos de dos aguas, y varias buhardillas en el techo que mostraban claramente su influencia francesa y española.

A medida que se adentraban en el peligroso barrio, del otro lado de la calle un grupo de personas se dirigió a ellos.

—Mey Lin, ¿qué hacemos? Esta gente no tiene cara de ser muy amigable.

—Tranquilo, déjamelo a mi.

El vocero del grupo de pandilleros miró fijo a la pareja.

—¿Qué xopá? ¿Ustedes están perdidos? Ya que están por acá, por qué no nos dan algo para el almuerzo, tú sae.

—Sí, claro, podemos darle algo, pero no mucho. Sin embargo, hay dos sujetos que están en estos momentos ingresando en la calle y que cuentan con algo a lo que ustedes quizás puedan encontrarle mucha utilidad.

El sujeto se colocó la mano en la quijada y, con una mueca pícara miró a sus compañeros, seguido de una carcajada,

—Hey, la paisana no come cuento, ¿qué xopá con esos manes?

Uno de los miembros en la pandilla pegó un silbido, advirtiendo a los otros, sentados en la calle, que fueran a abordar a los extraños que estaban entrando.

Antonio, con los nervios de punta, se acercó a Mey Lin y le preguntó al oído.

—¿Y ahora qué hacemos?

—No sé, esperemos un milagro. Además, tú eres el masón, ustedes creen en cosas inexplicables, dime tú.

—¡Mierda!

Los miembros de la pandilla, ni cortos ni perezosos, se acercaron a los dos mercenarios.

—Qué xopá con ustedes, este es nuestro territorio. ¿Por qué no nos muestran qué llevan en sus bolsillos?

Uno de ellos desenfundó un revólver y, con tono amenazante, se dirigió a uno de sus interrogadores.

—Si no quieren problemas, déjenos pasar, esto no los incumbe.

Los pandilleros se miraron a las caras y, con una sonrisa sarcástica, sacaron cada uno su pistola y encañonaron a los mercenarios

—Fren, tú como que no nos entendiste. ¡Baja esa arma antes que te metamos un tiro!

Del otro lado de la avenida, los pandilleros que rodeaban a Mey Lin y Antonio vieron la escena sorprendidos y de inmediato, en banda, corrieron a unirse con sus compañeros, hecho que aprovechó la pareja para correr y salir del área.

Los mercenarios, claramente molestos, tiraron sus armas. A la vez, fueron apareciendo otros mercenarios al inicio de la calle.

Mey Lin se colocó detrás de una columna para ver la acción con más claridad.

—¿Qué haces? ¡Vámonos de aquí!

—Espera, Antonio, antes de huir vamos a asegurarnos de que nuestros amigos estén bien entretenidos.

Ella saco una pistola que llevaba consigo y, con mucho cuidado, apuntó a un canasto de hierro muy cerca de donde se encontraban los mercenarios recién llegados, que apenas trataban de descifrar lo que estaba pasando. El tiro certero generó un estruendo que, por instinto, hizo que desenfundaran sus armas. Los pandilleros, de igual forma, tras el estruendo fijaron sus miradas hacia donde estaban los demás mercenarios y apuntaron instintivamente, lo que produjo un tiroteo casi instantáneo.

—¡Ahora sí, vámonos, Antonio!

Corrieron, alejándose de la escena, y llegaron a una tienda de un paisano chino panameño que se encontraba en una de las esquinas de la avenida.

—Bien, ahora que puedes, termina lo que estabas haciendo.

Antonio se puso a trabajar y culminó el cifrado masónico.

Mey Lin, intrigada, solo veía líneas rectas, perpendiculares, algunas con puntos. Le preguntó qué era eso.

—Son cuadrantes masónicos, se utilizan en algunos grados elevados en los ritos. No todos los masones los conocen, pero Roberto y yo los estudiamos. Si llegan a interceptar esta imagen, a no ser que sepan la clave, será muy difícil de descifrar.

—Entonces, espero que tu amigo esté bien y este mensaje nos sirva de algo. Le tomaré una foto y la enviaré por medio de mi móvil a su teléfono. Listo, enviado.

—¿Y ahora qué?

—Dormiremos aquí, después de un día como hoy, necesitamos descansar. Además, ahora nos queda esperar y confiar en que tu mensaje llegue a su destinatarios.

CAPÍTULO 11
EXPRESO ENTRE
LAS SOMBRAS

Ya había caído la noche cuando Sarah y Roberto escaparon a gran velocidad del área de Veracruz, aprovechando la confusión provocada por los tiros y el estruendo de las motos para pasar desapercibidos. Sarah se comunicó con alguien en hebreo, aparentemente un agente del Mossad en Panamá, y recibió unas instrucciones mientras conducía. Roberto, en cambio, no tenía idea de lo que estaba sucediendo o adónde se dirigían. Finalmente, ella estacionó el coche en una zona cercana a Diablo, antiguamente dentro de la Zona del Canal.

—Espera en el vehículo —le dijo Sarah—. Voy a reunirme con alguien.

Roberto asintió con un gesto de cabeza mientras observaba a Sarah alejándose del coche y, sin darse cuenta, se quedó dormido enseguida.

De repente, luego de varios minutos, la puerta del coche se abrió de golpe y Sarah volvió a subir.

—Bueno, Roberto, no veo muchas opciones —dijo—. Si intentamos ir a Colón, seguro que nos estarán buscando. Al menos tuvimos suerte de no ser detenidos al salir de Veracruz. Te traje algo de comer mientras esperamos.

Roberto, aturdido y con los ojos aún cerrados, respondió con confusión.

—¿Qué sucede? ¿Dónde estamos?

—En un área cercana a Diablo, donde tengo un contacto

que nos ayudará a llegar a Colón. Pero necesitamos esperar unas horas antes de tomar el tren. Te lo explicaré más tarde. Ahora, intenta descansar un poco mientras yo hago algunas llamadas.

Él, sin oponer mucha resistencia, se acomodó en el auto y en pocos minutos quedó profundamente dormido de nuevo. Sarah no sabía que Roberto poseía una habilidad sobrenatural para dormir en cualquier lugar, incluso en salas de cine, restaurantes y reuniones masónicas.

Después de unas cuatro horas, Sarah lo despertó con poca delicadeza.

—Roberto, levántate. Debemos irnos si queremos tomar el tren.

Roberto, aún adormilado y confundido, reaccionó con sorpresa.

—¿Qué sucede? ¿A dónde vamos?

Cuando llegaron a la estación del tren en Corozal, cerca de donde estaban, Sarah y Roberto presentaron sus identificaciones y documentos falsos, como se les había indicado.

A su llegada, fueron recibidos junto al resto de los colaboradores de la zona libre de Colón que serían transportados a esa provincia.

La construcción del ferrocarril en Panamá, a mediados del siglo XIX, fue un hito que cambió la historia del istmo y del mundo, ya que se trató de una de las primeras vías modernas que permitía conectar de manera sencilla el océano Pacífico con el océano Atlántico. Sin embargo, a finales del siglo XX, el ferrocarril ya no era tan importante.

Mientras se acomodaban en sus asientos de la cabina de pasajeros, una sensación de tranquilidad los invadió al observar hipnotizados los paisajes que pasaban velozmente ante sus ojos. Era una sensación extraña, sentirse tan cerca del peligro y, al mismo tiempo, sentirse tan protegidos por la belleza de la naturaleza que los rodeaba. Los bosques verdes cubrían gran parte del terreno, interrumpidos solo por pequeños asentamientos y ríos que serpenteaban por la tierra. A veces, podían ver los pueblos que pasaban, sus casas y edificios reflejando el sol al amanecer. Era una imagen hermosa y, aunque sabían que tenían una misión importante que cumplir, no podían evitar sentirse agradecidos por poder disfrutar de ese momento de paz y tranquilidad.

Roberto volteó la mirada hacia Sarah, en su rostro lucía un moretón producto de un fuerte golpe que le habían dado mientras estuvieron en la casa de George.

—¿Te duele? —preguntó Roberto.

—No, estoy bien —respondió Sarah, y dejó una pausa—. ¿Sabes?, no soy una princesa de Disney, Roberto —comentó Sarah con una sonrisa.

Él respondió con una sonrisa mientras abría sus ojos por la sorpresa.

—De acuerdo, pero la verdad es que te admiro mucho, viendo cómo te desempeñas. Digamos que no me gustaría sostener una discusión, ni mucho menos una pelea, contigo.

Sarah intuyó que Roberto quería conversar con ella y decidió continuar.

—Como todo el mundo, cometo errores y estoy muy consciente de mis limitaciones. Cuando estás en el ejército, especialmente cuando eres una mujer, debes estar muy consciente de tus fortalezas y debilidades. Si no lo tienes claro, los soldados varones te lo hacen saber de inmediato.

Todos somos distintos, en lugar de concentrarnos en ser iguales a otros debemos concentrarnos en mejorar en aquello que nos hace distintos. Jamás podría competir utilizando la fuerza, sin embargo, mi mente sí, por eso me interesé en lo relacionado con explosivos y armas químicas.

Roberto, aprovechando la apertura de Sarah, se dirigió a ella con una duda que tenía y quería consultarle.

—Sarah, he escuchado que algunos miembros del ejército de Israel cargan consigo libros de protección, no sé si has escuchado de un libro llamado Pinja, que es una porción del Zohar.

—No, no he escuchado hablar de él.

Incrédulo, Roberto siguió insistiendo.

—Ok, y ¿practicas algún tipo de ritual de protección cabalístico? Yo suelo practicar un ritual de destierro cabalístico, ¿lo conoces?

—No, Roberto, qué cosas dices. No me digas ahora que eres cabalista.

—No para nada, he leído algunas cosas y, bueno. Solo tenía esa duda.

—Roberto, posees una gran imaginación —hizo una pausa por un momento y, con una sonrisa, continuó—. ¿Sabes?, le caerías muy bien a mi tío. A él también le gustan esos temas. Quién sabe, si salimos vivos de esto, podría presentártelo. Él vive en la ciudad.

—¿En serio? Me encantaría conversar con él. ¿Tienes familia en Panamá? ¿Viven hace poco aquí?

—No, para nada. Ellos vinieron hace muchos años al país. Están desde el inicio de la república.

—¿En serio? No sabía que había judíos desde hace tanto en nuestro país. Aunque había escuchado que mi apellido Henríquez era de origen sefardí.

—No lo tengo muy claro —respondió Roberto.
—Los apellidos sefardíes son los de judíos conversos que vivían en el área que denominábamos Sefarad. Sefarad era la península ibérica, que comprendía a Portugal y a España. Los askenazíes fueron los judíos que se asentaron en Europa central y oriental.

—Interesante, muchos de los judíos que desarrollaron avances en temas cabalísticos vivían en la península ibérica —comentó Roberto con interés.

—No lo dudo, muchos judíos conversos viajaron al Nuevo Mundo. El 3 de agosto de 1492, el mismo día de la expulsión de los judíos de España, Cristóbal Colón zarpó. Existen registros que aseguran que cuando Rodrigo de Bastidas llegó a América en 1501, vino acompañado de cristianos nuevos y conversos. Pocos saben que Pedro Arias Dávila, que fundó Panamá en 1521, tenía ascendencia judía. Después que Panamá se independizo de España, llegó una nueva oleada de judíos al istmo procedentes de muchos lados incluyendo sefardíes caribeños de Jamaica, Saint Thomas y Curazao.

—Interesante —dijo Roberto.

—Es más, en 1867 la isla de Saint Thomas fue azotada por un huracán, un maremoto y una epidemia de cólera que provocó que los judíos de la isla salieran y se asentaran del todo en Panamá y fundaron una congregación llamada Kol Shearith Israel.

—No sabía esto, Sarah, qué interesante.

—Sin embargo, no creas que la comunidad fue siempre bien vista, y aún algunos grupos no nos ven con buenos ojos. Desde que comenzaron a llegar los primeros judíos al continente, siempre fueron referidos con términos despectivos. A inicios de la colonización española éramos herejes; durante el escándalo de Panamá, cuando fue un fracaso la construcción del canal francés, también se acusó a los judíos de ser responsables de su hundimiento para que los inversionistas católicos perdieran sus ahorros. Sin embargo, pocos saben que varios comerciantes judíos apoyaron a la junta revolucionaria de forma económica en 1903. Miembros de la congregación Kol Shearith Israel contribuyeron financieramente cuando las promesas hechas por Bunau-Varilla no se cumplieron y estuvieron a punto de abortar el movimiento. Con esos fondos, pudieron sobornar a las tropas colombianas.

—Dime algo —preguntó Roberto—. Hablas de tu tío, pero tu padre también vive en Panamá, ¿no?

Sarah se sorprendió con la pregunta y, aunque no le apetecía hablar del tema en ese momento, por alguna razón se sintió cómoda para hablarle de su padre a Roberto.

—Mi padre murió, Roberto —dijo Sarah con tristeza—. Era sargento en las tropas del Estado de Israel. Me quedan algunos recuerdos de él de cuando yo era niña, pero murió cuando era aún pequeña. Me crié con mi madre y dos hermanos mayores.

—Lo siento mucho, Sarah —dijo Roberto, notando el tono de tristeza en la voz de ella—. No sabía que habías perdido a tu padre. ¿Cómo murió?

—Fue durante una misión en el ejército —respondió Sarah, con una mirada distante en sus ojos—. Fue una gran pérdida para nosotros, pero siempre tratamos de recordarlo con orgullo y honor por su servicio a nuestro país. Mi madre y mis hermanos siempre me han apoyado y me han ayudado a seguir adelante. Aunque extraño a mi padre, sé que está orgulloso de lo que estoy haciendo aquí, siguiendo sus pasos y sirviendo a mi país.

—Qué bien.

Sarah, observo con atención a Roberto y no pudo evitar darse cuenta de que estaba comenzando a tomarle aprecio a ese extraño sujeto.

—A ver, Roberto, cuéntame de ti. ¿Cómo terminaste en esto?

—Bueno, estudié derecho y arquitectura. En estos momentos me encuentro tomando una maestría. Desde muy joven, siempre me llamaron la atención los temas esotéricos y de magia. A pesar de no haberme criado con mi papá, supe de la masonería por él, que era masón. Vivía en Chiriquí y yo vivía en Panamá con mi madre. Fue iniciándome en la orden masónica en la que conocí a Antonio. Tengo una hija y, bueno, las cosas no funcionaron con su mamá, pero mantenemos una buena relación. Es complicado.

—No lo dudo —contestó Sarah.

—Ahora que lo pienso, seguramente ella debe estar preguntándose donde estoy, no he encendido el celular desde que nos pidieron que lo apagáramos cuando nos llevaron al cuartel. ¿Crees que sea muy arriesgado si lo enciendo?

Sarah, observo con atención el móvil de Roberto por un momento y, ante la preocupación de su acompañante, le dijo:

—Puedes encenderlo y mantenerlo conectado por menos de un minuto, debe ser tiempo suficiente para que te lleguen los mensajes. Luego de esto, para evitar que alguien te localice si es que lo están intentando, coloca el teléfono en modo avión.

Con atención, Roberto escuchó sus instrucciones y procedió como le había indicado. Encendió el móvil y por casi un minuto permitió que se actualizara con todos los mensajes y luego lo colocó en modo avión.

Con atención, Roberto escuchó sus instrucciones y procedió como le había indicado. Encendió el móvil y por casi un minuto permitió que se actualizara con todos los mensajes y luego lo colocó en modo avión. Revisó sus mensajes que, como anticipaba, eran principalmente de familiares y amigos preguntado por su paradero.

—Seguramente ya me reportaron como desaparecido en la policía.

De pronto, de un número desconocido vio que había recibido una imagen. Jamás creerían sus ojos lo que estaba presenciando. Con un cúmulo de emociones, saltó de su asiento.

—¡Es él, está vivo!

—¿Quién?

—Antonio, me envió un mensaje, tiene que ser él.

Roberto le mostró la imagen, ante la confusión de Sarah.

—Son cuadrantes masónicos, es un cifrado que ambos hemos estudiado.

De inmediato, Roberto comenzó a descifrar el mensaje.

—¡Eureka! Nos envió su número, debemos llamarlo y avisarle a dónde vamos. Debemos reunirnos con él. De acuerdo con su mensaje, se encuentra precisamente en la ciudad de Colón.

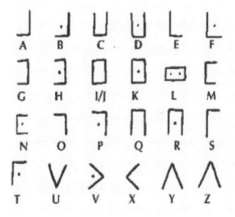

El alfabeto masónico, es una escritura cifrada y jeroglífica caracterizada por el uso de signos geométricos destinados a velar ante los ojos indiscretos y profanos aspectos privados de la Orden. El origen del alfabeto masónico aparece alrededor de la década de 1745 con las primeras revelaciones del ritual masónico francés. Sin embargo, en la actualidad existen diversas variaciones.

CAPÍTULO 12
A LAS PUERTAS
DEL TEMPLO

Antonio a duras penas concilió el sueño, habían encontrado refugio en una segunda planta sobre una abarrotería de un comerciante de origen chino. Trataba de repasar lo que había sucedido, angustiado por la incertidumbre de lo que podría pasar. De repente, se abrió la puerta del cuarto y apareció Mey Lin.

—Antonio, ¿estás despierto?

—Sí, no he dejado de estarlo, ¿por qué?

—Al parecer tu plan funciono, recibimos un mensaje.

—¡En serio!

Antonio no disimuló su alegría, saltando como un resorte de la cama.

—¡Es Roberto!, ¿está bien? ¿Qué dice?

—Debemos encontrarnos con él aquí en Colón por calle Sexta. Pero debemos andarnos con mucho cuidado, pues nos están buscando. Ven, acompáñame —dijo ella, señalando con un gesto un clóset—. Busca algo que te quede bien, debes cambiarte la ropa. Y colócate un gorro también.

Antonio procedió a mirar qué podría servirle, pero en el clóset no había mucho donde escoger, pues para él todo parecía ser ropa muy similar.

—Antonio, debo confesar que jamás pensé que iban a contestar ese mensaje. Admito que me sorprendiste.

—A mí, con las cosas que he visto, créeme que ya nada me sorprende.

—Sera mejor que nos apuremos, no queremos llegar tarde al encuentro.

Luego de comer algo rápidamente, salieron con cautela del sitio donde habían pasado la noche y se dirigieron al punto de encuentro indicado. Mey Lin observaba con desconfianza a su alrededor en busca de alguna actividad sospechosa, mientras Antonio no dejaba de observar un puesto de comida del otro lado de la calle de donde se encontraban.

—Mey Lin, ¿tú crees que haya chance de comprar algo en ese sitio?

—¡Oye, tú sí comes!

—En ese sitio venden saus, no imaginas cuánto extraño comer saus.

Saus era un plato típico panameño que consistía en patitas de cerdo preparado con pepinos, cebolla, vinagre y picante. Por el tipo de picante usado, habanero o ají chombo, como es mejor conocido, traído de las Antillas, era un plato principalmente típico atribuido a la etnia afrodescendiente.

—¿Quieres comer saus? ¿A esta hora?

—Quizás no ahora, pero cuando terminemos.

—¿Sabías que algunos paisanos dicen que el saus es un plato con sus raíces en China?

—¿Qué dices?

—Sí, los chinos acostumbrábamos a comer patitas de cerdo, luego los afrodescendientes que llegaron de las islas del Caribe modificaron el plato dando como resultado lo que ahora se conoce como el típico saus.

—¡Interesante!

Saus era un plato típico panameño que consistía en patitas de cerdo preparado con pepinos, cebolla, vinagre y picante. Por el tipo de picante usado, habanero o ají chombo, como es mejor conocido, traído de las Antillas, era un plato principalmente típico atribuido a la etnia afrodescendiente.

—¿Quieres comer saus? ¿A esta hora?

—Quizás no ahora, pero cuando terminemos.

—¿Sabías que algunos paisanos dicen que el saus es un plato con sus raíces en China?

—¿Qué dices?

—Sí, los chinos acostumbrábamos a comer patitas de cerdo, luego los afrodescendientes que llegaron de las islas del Caribe modificaron el plato dando como resultado lo que ahora se conoce como el típico saus.

—¡Interesante!

En ese preciso momento, dos figuras fueron acercándose del otro lado de la avenida. Mey Lin y Antonio de inmediato cambiaron su semblante y se mantuvieron alerta. A medida que las figuras fueron acercándose Antonio pudo identificar a uno de los individuos, al que reconoció con alegría y, sin disimular su felicidad, recibió con una sonrisa, acercándose a ellos junto a Mey Lin.

Con un fuerte abrazo, Roberto y Antonio se reencontraron, sorprendidos de verse nuevamente después de lo que ambos habían pasado.

—Hermano, qué bueno que estés bien. Pensé que te había pasado algo.

—Verás, Roberto, estuvimos muy cerca de que así fuera, y de no ser por la ayuda de ella... —Dirigió su mirada a Mey Lin, quien se encontraba a su lado—. Ella es Mey Lin y, al igual que nosotros, está tratando de saber quién hay detrás de todo esto.

Sarah observó con malicia a Mey Lin y, sin hacer ningún gesto, se dirigió a Antonio.

—Bueno, eso está por verse, sé que tienen mucho de

qué hablar ustedes dos, pero no podemos perder el tiempo.

Mey Lin, con la misma seriedad, correspondió al comentario de Sarah.

—Estoy de acuerdo. Venga, a lo que vinimos, no podemos perder más tiempo.

—A ver, Roberto, ¿donde se supone que debemos ir?

—Bien, de acuerdo con lo que me dijo George, nos deben de estar esperando justo en este lugar, del otro lado de la calle, en aquel templo.

—¿Templo? —pregunto Antonio—. ¿Es un templo masónico?

—Parece serlo, pero no hay tiempo que perder. Caminemos hacia el lugar.

Los cuatro se acercaron al edificio, localizado en calle Sexta. A ninguno de ellos, masones, les era familiar el sitio. Jamás habían escuchado de una logia masónica con en esa dirección.

A su llegada, tocaron a la puerta del templo. Un sujeto negro de como unos 70 años abrió la pesada puerta principal del pórtico y, asomándose, preguntó quiénes eran y que buscaban.

—Buenas tardes, venimos a reunirnos con un señor de apellido Thompson. Venimos de parte de George. Tengo entendido que nos estará esperando.

Con ojos penetrantes y fijos, el sujeto observó al grupo: dos jóvenes, una mujer alta pelinegra y una mujer china. No era el típico grupo que solía tocar a la puerta.

—Esperen aquí afuera —dijo, cerrando la puerta prácticamente en las narices de los jóvenes.

Luego de un silencio incómodo y un minuto que pareció una eternidad, la pesada puerta del templo se abrió, y escucharon una voz con acento caribeño que les pedía que siguieran adelante.

—Pasen y esperen en este salón —sentenció la voz.

El templo en calle Sexta, conocido entre sus asistentes como un lugar sagrado y de reunión, no contaba con ningún tipo de símbolo masónicos evidentes para quienes estaban familiarizados con la orden. Ni cuadros ni joyas con la escuadra y el compás, el símbolo universal de la masonería, se encontraban en el lugar. La atmósfera del templo era serena y tranquila, y el ambiente estaba cargado de un sentido de hermandad y camaradería entre los individuos que se reunían allí.

—¡No parece una logia masónica, Antonio!

—Pero ¡cómo nunca habíamos escuchado de este templo! ¿No te parece extraño?

Abruptamente, una figura apareció de pie tras los cuatro visitantes.

—Bienvenidos, soy Malcolm Thompson.

Un hombre afrodescendiente, mayor de edad, se acercó a los presentes. A su lado se encontraban dos hombres también afrodescendientes y más jóvenes que él, que lo acompañaban de pie.

—Un placer conocerlo, señor Thompson, venimos de parte de George.

—Si, por supuesto. Por favor, me gustaría que me acompañasen.

—Claro, con gusto.

Sin embargo, los acompañantes de Malcolm colocaron sus manos frente a Sarah y Mey Lin.

—Ustedes deberán esperar aquí.

—Pero, señor Malcolm, ellas vienen con nosotros.

—Primero necesito hablar con ustedes a solas.

—Comprendo, ¿es porque solo podemos estar masones en este templo?

—¿Masones dices? No, joven, este no es un templo masón. Es un templo donde se reúnen logias mecánicas.

CAPÍTULO 13
EL MISTERIO
SE REVELA

Aún sorprendidos, los masones fueron conducidos a una cámara superior dentro del templo, dejando atrás, en la primera planta, a Sarah y Mey Lin esperando.

En la cámara superior, ambos no dejaban de maravillarse con lo que presenciaban y, al ingresar al templo principal, se percataron de lo similar que era la decoración y las similitudes con los templos masónicos, salvo algunas diferencias en cómo estaban distribuidos los puestos, el altar y lo demás, dentro de donde solían tener sus tenidas los miembros de esta fraternidad.

Malcolm, con la ayuda de otro sujeto, tomó asiento en uno de los puestos de oficiales y con un gesto invitó a los masones a tomar asiento. El viejo maestro Thompson no pudo evitar ver la cara de sorpresa de los jóvenes masones, quienes aún no entendían dónde estaban.

—Me imagino que se deben estar preguntando dónde están, ¿cierto?

—Sí, venerable, ¿lo podemos llamar así?

—Sí, está bien.

Roberto intervino, tratando de adivinar dónde estaban actualmente.

—Este es un templo que pertenece a una logia mecánica, ¿cierto? Las logias mecánicas son irregulares, es lo que tengo entendido.

El viejo Thompson, con una sonrisa, observó a los jóvenes

con sus ojos rodeados por profundas ojeras, clavando su mirada fijamente en ellos

—¡No!, no es así. Pero no se preocupen ustedes, solo repiten lo que seguramente les han dicho. Nosotros no somos logias masónicas irregulares, ni mucho menos. Somos una fraternidad cuyo origen coincide con los orígenes de la orden masónica y antecede a la Gran Logia Unida de Londres. Nosotros somos mecánicos o, como se nos conoce en inglés, Independent United Order of Mechanics. Ustedes quizás han escuchado que en 1717 se fundó la Gran Logia Unida de Londres, pero de unida no tenía nada. A ese Gran Oriente realmente se lo llamaba la Gran Logia de Londres y Westminster debido a las disputas entre Inglaterra y Escocia realmente y la escisión fue por motivos más bien políticos entre jacobitas y hannoverianos.

—Sí, algo así habíamos escuchado —asintió Roberto y Antonio lo secundó con un gesto.

—Lo cierto es que a partir de 1717 se dieron más disputas dentro de Inglaterra. Después de 1717, siguieron fundándose otros Orientes y grandes logias masónicas como las de Escocia en 1736, de York en 1725 e Irlanda en 1725 también. En Inglaterra, debido a las disputas internas entre masones, se conformaron dos grupos, uno que se hacía llamar «los antiguos» y, por otro lado, otro de «los modernos». En 1752 se fundó La Antigua Gran Logia de Inglaterra, quienes fueron muy críticos con la Gran Logia de Londres y Westminster, a quienes denominaban modernos.

No fue hasta 1813 cuando los antiguos y los modernos alcanzaron un acuerdo y se fundó lo que actualmente se conoce como la Gran Logia Unida de Londres. Sin embargo, no todos estaban de acuerdo con dicha unión. Nuestra orden fue fundada en 1757 en Lancashire, Inglaterra, y se originó principalmente con masones que formaban parte de lo que en ese entonces se los conocía como los antiguos. Toda la simbología y rituales se mantuvo de las antiguas tradiciones no alteradas de los rituales antiguos y, para diferenciarse del resto, nos hicimos llamar «mecánicos». En Panamá, debido al racismo y al clasismo, discriminaron a muchas personas por su raza, credo u origen que no eran aceptados en logias masónicas panameñas ni norteamericanas, sin embargo, encontraron un hogar dentro de nuestra fraternidad por muchos años. Y así fue como se fueron fundado muchas logias fraternales mecánicas. Sin embargo existieron en Colon más de 30 grupos fraternales también originados en Inglaterra totalmente independientes de la orden masónica o mecánica como The Ancient Order of Forester y The Loyal Order of Ancient Shepherds entre muchos otros.

—Impresionante, pero estar en este sitio es como estar en un templo masónico.

—Por supuesto, como te dije, nuestros orígenes vienen del mismo sitio y la orden fue creada en Inglaterra, todos nuestros rituales son de ese país y anteceden a la Gran Logia Unida de Londres de 1813.

—Entonces ¿ustedes no son irregulares, cierto?

—¡Ja! Tonterías, ese es un término que a ustedes, los masones, les gusta usar para despreciar y amenazarse entre ustedes mismos. Nosotros no tenemos ningún interés en ser conocidos como masones, somos logias mecánicas.

Además, las únicas logias masónicas irregulares realmente han salido de ustedes mismos. En la década de los 90 existió una logia que se separó de la Gran Logia de Panamá, esa fue una logia irregular y sé que, en este momento, algunos masones consideran a otros bajo la jurisdicción de Escocia como irregulares, por lo que ese término despectivo se aplica más entre ustedes.

—Me queda claro que la simbología que utilizamos no es exclusiva para los masones, entonces.

Antonio colocó su mano en el hombro de Roberto.

—Es cierto, hace poco me enteré de una logia china que utiliza la misma simbología masónica y, sin embargo, no se originaron del seno de la orden, simplemente adoptaron algunos principios y simbología.

—Así es, hermanitos. Como ven, aún les queda mucho que aprender.

—Gracias, venerable, por la enseñanza, sin embargo, lo que nos trae a este sitio lamentablemente es muy crítico.

—Claro que lo sé, mis hermanitos, y de eso también les tengo que hablar.

***

Sarah y Mey Lin no habían cruzado ninguna palabra hasta ese momento. Ambas sabían bien el potencial peligro que cada una de ellas representaba. Esta misión había resultado ser altamente peligrosa y, si algo era cierto, era que no podían darse el lujo de depositar su confianza en la persona equivocada. Mey Lin, de temperamento más sanguíneo, decidió romper el silencio e ir directamente al grano.

—Si quieres decir algo, adelante. Yo no estoy muy complacida tampoco de tener que trabajar contigo, pero si es lo que se requiere para llegar a quienes están tramando el ataque, pues así debe ser.

—¿En serio? La que debería estar preocupada soy yo. Tu Gobierno estaría muy contento de que este atentado se lleve a cabo. Seguro que sería una gran oportunidad para culminar con sus planes de desarrollar un canal alterno en Nicaragua o México financiado por ellos.

—¿Qué dices? ¿Sabes que, aunque eso fuera posible, tomaría años, y un colapso en el Canal panameño afectaría de inmediato al comercio y los intereses comerciales de China? ¿Sabes cuántos barcos de bandera china pasan por él?

—A tu Gobierno no le importaría sacrificarse con tal de llevar a cabo su plan maestro. Si no le importan sus ciudadanos, ¿por qué le importaría el resto? Las acusaciones de abusos a los mismos ciudadanos chinos son innumerables, las constantes violaciones de los derechos humanos metiendo sus narices en el mundo buscando la forma de hacerse con el poder económico.

—¡Tú nos vas a acusar de violar los derechos humanos! ¿Qué coraje tienes! ¿Y las violaciones en el territorio palestino? ¿Cómo han tomado los territorios, creando una política de apartheid y violando los derechos de todos a su alrededor, sin importar que sean personas inocentes, mujeres o niños por igual? Si un Gobierno o un grupo los critica, de inmediato se les acusa de antisemitas, se censuran, se sacan de plataformas o, peor aún, se les acusa de nazis.

—Está bien, claramente hay diferencias. Sin embargo, debo confesar que en estos momentos no se me ocurren razones de peso para sospechar que los chinos estén detrás de esto. Así que para, bien o para mal, supongo que debemos buscar la forma de trabajar juntas.

—Supongo que sí.

En ese momento, bajaron Antonio y Roberto del piso superior, tomando por sorpresa a las damas, que se encontraban en el vestíbulo.

—Veo que se están comenzando a llevar bien, pero ahora es importante que suban. Creo que deben escuchar lo que Malcolm está a punto de decirnos.

CAPÍTULO 14
EL AGENTE
DESPIERTO

Perplejas, Sarah y Mey Lin acompañaron a los muchachos al piso superior y se detuvieron frente a una puerta. Roberto procedió a tocar a la misma y los cuatro fueron recibidos por los mismos sujetos que habían acompañado a Malcolm a su llegada al templo.

Los sujetos altos, negros y corpulentos tenían más aspecto de guardaespaldas que de otra cosa. Con un gesto, los invitó a pasar y seguidamente todos ingresaron al templo.

Malcolm se encontraba aún sentado en el sitio del este simbólico, donde había estado anteriormente, cuando conversaba con los masones hace un rato.

—Pueden dejarnos solos, leave us alone —Malcolm se dirigió a los sujetos que lo habían estado acompañando.

—Are you sure? —respondió uno de los miembros que acompañaba al maestro.

—Yes —sentencio el venerable en su silla.

—Por favor, tomen asiento, he conversado con los hermanos y, a pesar de que no somos de la misma fraternidad, nos unen la escuadra y el compás.

—Creemos en los mismos principios y nuestro anhelo es de igual forma ser mejores personas para con nosotros y principalmente para la sociedad. He confiado en ellos y por eso les he permitido estar aquí. Espero no equivocarme.

Antonio intervino, dirigiéndose a Malcolm.

—Venerable, le agradecemos su confianza y cuanto nos ha enseñado en tan poco tiempo, pero nos gustaría que nos hablase de lo que sabe en relación con este plan para atacar el Canal, que es lo que nos trae ahora aquí.

Malcolm asintió y comenzó a hablar.

—Verán, cuando era muy joven me enlisté en la Guardia Nacional, mis abuelos habían llegado de Barbados para trabajar en la construcción del Canal. En esa época, no existían muchas oportunidades para alguien como yo y, a pesar de que mis padres no estaban de acuerdo, decidí hacerlo.

—Luego del golpe de Estado del 68 por parte de la Guardia Nacional había mucha incertidumbre en el país y aún en los primeros años todavía dentro de la fila de los uniformados existían diferentes posiciones encontradas y bandos con distintas visiones.

—En diciembre de 1969, mientras Torrijos se encontraba en México, se dio un intento de golpe para derrocarlo del poder y tomar el mando por grupos dentro de la Guardia Nacional apoyados por la oligarquía. Algunos dicen que la CIA también alentó el movimiento de algunos coroneles rebeldes para favorecer la aprobación de un nuevo tratado, conocido como «tres en uno».

—A pesar de las advertencias que se le dieron a Torrijos, él decidió viajar a Panamá de todas formas, aterrizando en David en un pequeño avión alquilado, viajaban con un pequeño grupo de personas, dentro de los que se encontraba Demetrio Lakas, quien, después de este hecho, fue nombrado presidente. Torrijos pudo aterrizar y no fue fue arrestado ni detenido gracias al apoyo de un grupo de guardias que le eran leales, dentro de los que me encontraba presente, ya que estaba asignado en David para ese entonces, en la quinta zona militar, donde el jefe no era otro que el mayor Manuel Antonio Noriega. Fui una de las personas que acompañó a Torrijos en su caravana a Panamá desde David, donde se consolidó su liderazgo y se detuvo a los golpistas. Desde ese momento, Torrijos reconoció en varios de nosotros nuestra lealtad y nos seleccionó para conformar un séquito de personas especializadas para trabajar en operaciones estratégicas y de inteligencia directamente bajo su mando. Como yo manejaba el inglés, me asignó a trabajar en operaciones principalmente en conjunto con los norteamericanos, por lo que pasé mucho tiempo brindando apoyo en la Escuela de las Américas aquí, en Colón. Nuestro equipo trabajó en muchas operaciones de inteligencia apoyando a los norteamericanos. Sin embargo, Torrijos mantenía una estructura compartimentada, de manera que algunos de nosotros desconocíamos las operaciones que realizaban los demás equipos. Sin embargo, antes que se llegara a un acuerdo para la firma del Tratado Torrijos-Carter, fuimos advertidos de un ataque que se realizaría al Canal de Panamá, por lo que se nos indicó que deberíamos estar listos para tomar las armas. En ese entonces, recuerdo que George y yo habíamos hecho muy buena amistad, ya que habíamos trabajado en operaciones juntamente con inteligencia y, en vista de que ambos compartíamos el amor por la escuadra y el compás, bajo ese mismo símbolo le advertí del posible ataque. Al final, no se llevó a cabo y, al pasar los años, ya las relaciones con los norteamericanos luego de la muerte de Torrijos se fueron deteriorando. Sin embargo, siempre mantuve contacto con operativos e informantes para no dejar de estar al tanto de cualquier situación que pudiera representar peligro. Como bien saben, en Panamá actualmente están activas las agencias de inteligencia de todas partes del mundo, por lo estratégico e importante de nuestro país. Hace unos meses, un antiguo contacto de inteligencia se comunicó conmigo para advertirme de un cargamento de armas del mercado negro ruso que pasaría por Panamá y que varios grupos de inteligencia estaban monitoreando, ya que la red estaba siendo investigada. Me pidió apoyo para que lo ayudara con algún contacto aquí en Colón, en los puertos, para monitorear dicho barco y su cargamento. Luego de hacer las diligencias e investigaciones, para mi sorpresa ocurrió algo que despertó mis alarmas. Mi contacto me informó que dicho cargamento había sido extraído de la embarcación en la que venía y que alguien con un alto cargo dentro del Gobierno había solicitado dicha acción. Mi informante me comunicó que estaba realizando las averiguaciones y que, tan pronto tuviese, más detalles se comunicaría conmigo. El 28 de junio, recibí una llamada suya para que nos reuniéramos aquí, en la ciudad de Colón, y me aseguró que no era seguro comunicarnos por teléfono y, mucho menos, por el celular. Como habíamos acordado, me dirigí al sitio y, para mi sorpresa, él no llegó. Al día siguiente, amanecí con la espantosa noticia que habían encontrado su cadáver. Ante esta situación tan terrible, no pude evitar sentirme responsable de este hecho y me comuniqué con algunos excompañeros que trabajaron conmigo en esa época. Todos me recomendaron alejarme de ese asunto y mantenerme al margen. Sin embargo, un excompañero mío que también formaba parte de un grupo de inteligencia que trabajó bajo el mando del general Torrijos me citó en el parque de Colón para conversar, sin darme muchos detalles. Lo que me informó me dejó perplejo, me dijo que ese suceso era parte de un plan elaborado para atacar el Canal, y que él, a diferencia de mí, estuvo en el equipo que sí conocía los detalles del fallido ataque al Canal de Panamá en la década de los 70 y me aseguró que los perpetradores del plan habían contactado con él para hacerle una oferta a fin de que los apoyara en vista de su experiencia y conocimiento detallado del Canal. Él me confesó que había rechazado dicha oferta y que les pidió que no lo contactaran más. Le advirtieron que, si llegase a dar a conocer a alguien este plan, no sufriría él, sino lo que más quería, sus nietos e hijos. Con la gravedad de tal advertencia, me pidió que no siguiera investigando y dejara las cosas así, por lo que, con todo el dolor de mi alma y por el potencial peligro que podrían tener mis hijos y nietos desistí.

—Estimados, sí hay un plan para atacar el Canal, pero esto ya lo saben. Me temo que es demasiado tarde y que esto es mucho más grande que lo que tenemos la capacidad de enfrentar.

Luego de escuchar las terribles palabras de Malcolm, los cuatro sujetos, perplejos y en silencio, luchaban internamente para procesar lo que él les había dicho.

Sarah, de inmediato, se puso de pie y, caminando de un lado al otro, tomó la palabra para romper el incomodo silencio, y dijo:

—Entiendo lo terrible de la situación, pero esto ya lo sabíamos desde un principio y no podemos darnos por vencidos ahora.

—Pero ¡Sarah! —se sorprendió Antonio—. Si nuestra hipótesis es cierta, no contamos con mucho tiempo, y aún no sabemos ni siquiera quiénes ni cuántas personas están detrás de este plan, esto es una tarea imposible.

Mey Lin interrumpió la conversación, dirigiéndose a Malcolm.

—El sujeto que usted menciona, ¿hay forma de comunicarse con él?

—No, para nada, él no pondría en peligro su vida y la de sus hijos, jamás cooperaría.

—Bueno, hay que hacerlo cooperar a la fuerza, entonces. Él es la única persona que nos puede guiar al sitio indicado, ya que lo contactaron.

Roberto se acercó al venerable y, con curiosidad, preguntó:

—Este sujeto, ¿por casualidad pertenece a un grupo fraternal? Quizás bajo la escuadra podríamos persuadirlo.

Malcolm se puso de pie en ese momento y, fijando sus ojos en el grupo, sonrió de forma maliciosa.

—¿Grupo fraternal, dices? Pues la verdad es que sí pertenece a uno.

Roberto salto con un gesto y exclamó:

—¡Sí!

—Él forma parte de una orden llamada Los Caballeros de Colón.

Templo de la orden mecánica localizada en calle 6ta Ave Central en Colón.

Primer Templo mecánico en Colón de la logia Flor del Istmo fundada en 1914 Foto proporcionada por Fabio Galástica.

CAPÍTULO 15
EL MOMENTO
DE INFILTRARSE

Luego de haber salido por algunas horas Sarah y Mey Lin habían regresado a la sala de reuniones, donde se encontraban Antonio y Roberto.

—Bien, chicos. Tenemos una buena y una mala noticia.

Antonio preguntó:

—¿Nos dices la mala primero?

Sarah respondió:

—Comenzaré con la buena, mejor. Localizamos al mayor retirado que os indicó Malcolm, y está en Colón, su nombre César Augusto Pérez. Y hoy, justamente, está atendiendo a un evento en un hotel de la ciudad de Colón. Al parecer es un evento relacionado con la orden a la que pertenece.

—Perfecto, en ese caso ustedes pueden ingresar, localizarlo e interrogarlo, ¿cierto? —preguntó Antonio.

—Bueno, sí y no. Esta es la parte mala supongo —continuó Sarah—. La reunión es solo para miembros de la orden, que está conformada por hombres. Por tanto, son ustedes los que deberán ingresar, haciéndose pasar por miembros de los Caballeros de Colón, y nosotras entraríamos como sus acompañantes.

Antonio se puso de pie, nervioso, y exclamó:

—¿Qué dicen? ¿Se han vuelto locas? Estamos hablando de los Caballeros de Colón, ellos odian a los masones. Hace algunos años tuvimos un encuentro con un miembro de esa orden y casi nos mata.

Mey Lin trató de calmar a Antonio:

—No te preocupes por eso, todo estará bien, inclusive conseguí unos trajes de gala, deberían quedarles bien.

La preocupación de Antonio no carecía de fundamento. Los Caballeros de Colón, orden que se creó en Estados Unidos el 29 de marzo de 1882, fue fundada por el sacerdote Michael J. McGivney, estadounidense de origen irlandés que fungió como pastor auxiliar en la iglesia de Santa María, en la ciudad de New Haven, Connecticut. Y debe su nombre al colonizador español Cristóbal Colón por ser el responsable de la llegada del cristianismo al continente americano.

Dicha organización surgió, específicamente, en una época en la que se producían excomuniones vaticanas contra personas o grupos que eran catalogados como «enemigos» de la Iglesia, dentro de los cuales se encontraba la masonería. De hecho, en varias partes de su juramento se menciona, abierta y explícitamente, que entre los muchos deberes que han de cumplir sus integrantes están perseguir, combatir y exterminar a los masones.

—Sugiero que pensemos bien esto. Ustedes son dos agentes entrenadas, pero nosotros somos dos civiles, y creo que ya hemos hecho bastante —indicó Antonio.

Roberto se puso de pie y dijo:

—Bueno, yo tomé unos cursos de artes marciales chinas y solía practicar en el parque Omar, así que tengo algo de conocimiento, por si las cosas se ponen feas.

Antonio frunció el ceño y abrió sus ojos desconcertados ante el comentario de Roberto.

—Perdón, Roberto, somos dos agentes entrenados, un civil y Chuck Norris. Perfecto, no nos pasará nada.

—Antonio, tranquilo, sé que estás nervioso, pero créeme que conversamos sobre las opciones que había y esta fue la más viable. Nosotras haremos lo posible para que sus vidas no estén en peligro. ¿De acuerdo?

—Cálmate, hermano —le pidió Roberto.

—Está bien, si eso es lo que debemos hacer, supongo que no hay otras opciones.

—Gracias, sabemos que esto no es fácil para ustedes, pero, si tenemos éxito, estaríamos más cerca de dar con los responsables de este plan. El sitio donde se llevará a cabo la reunión es en el Hotel Meliá.

—¿Hotel Meliá, dijiste? —se sorprendió Roberto.

—Sí.

—Ese hotel solía ser la antigua Escuela de las Américas. De veras que nada es casual —dijo, mirando a Antonio.

—Nosotras vamos a cambiarnos y prepararnos para la gala. Por favor, vístanse con los trajes que les conseguimos. Tenemos dos invitaciones. Apenas ubiquemos al objetivo, nosotras haremos lo que corresponde. Esperemos alcanzar el éxito y que no haya sorpresas.

Mey Lin observó a sus tres compañeros y, luego de un suspiro, dijo:

—Para bien o para mal, estamos metidos ya en esto y somos un equipo. Hagamos lo que podamos por el bien del país, del Canal y del mundo.

Los Caballeros de Colón es una organizació católica netamente masculina. Se han expandido por todo el mundo y su presencia en Panamá data del año 1910. Representa una sociedad que sigue siendo fiel a sus principios: caridad, unidad y fraternidad. Fuente Panorama católico.

CAPÍTULO 16
UNA CARRERA
CONTRA EL TIEMPO

Los cuatro asintieron y comenzaron a vestirse para la gala. Sarah y Mey Lin se pusieron sus elegantes vestidos de noche y se maquillaron, mientras que Roberto y Antonio se pusieron los trajes de gala que les habían proporcionado. Luego de prepararse, tomaron sus respectivos maletines y salieron del templo mecánico rumbo al Hotel Meliá.

Cuando llegaron al hotel, fueron recibidos por un grupo de personas vestidas de manera elegante y con las insignias de los Caballeros de Colón en sus trajes. Roberto y Antonio sintieron un poco de nerviosismo al entrar, pero Sarah y Mey Lin los tranquilizaron con una sonrisa y una palabra de ánimo.

Mientras caminaban por el pasillo principal del hotel, se dieron cuenta de que el evento era realmente impresionante. Había una gran cantidad de personas conversando y tomando aperitivos, música de fondo y una decoración espectacular.

Finalmente, llegaron a la sala principal, donde se llevaría a cabo la reunión. Sarah y Mey Lin saludaron a algunas personas y se dirigieron hacia la mesa principal, mientras que Roberto y Antonio se quedaron un poco atrás, tratando de no llamar demasiado la atención.

De repente, Sarah vio a un hombre que le parecía conocido. Era el mayor retirado Pérez, al que estaban buscando. Sin decir nada a los demás, le hizo una seña a Mey Lin para que la siguiera y se dirigió hacia el hombre.

Cuando estuvieron cerca, Sarah le dijo al mayor en un tono bajo:

—Perdóneme, pero necesito hablar con usted en privado. Es un asunto muy importante.

El hombre la miró con sorpresa, y se rehusó a acompañarla. Fue en ese momento cuando Sarah desenfundó su pistola y la colocó en el área del abdomen del antiguo militar, quien finalmente asintió y la acompaño a una sala privada que se encontraba fuera del salón sin ser vistas. Mey Lin y Sarah cerraron la puerta tras de sí y comenzaron a interrogarle sobre lo que sabía acerca del plan que estaban investigando.

Roberto y Antonio, mientras tanto, se quedaron en la sala principal, tratando de no llamar demasiado la atención. Esperaban a que Sarah y Mey Lin volvieran con alguna información útil.

En ese momento, se les acercaron dos caballeros, que los abordaron de inmediato.

—Hola, mi nombre es José Hernández y él es Miguel Justiniani, pertenecemos al Consejo 1371 de Ancón. Sus rostros me parecen conocidos, pero no los ubicamos, ¿de dónde son?

De forma muy estoica Antonio emprendió la tarea de responderle a los caballeros.

—Bueno, verán, nosotros apenas estamos iniciándonos en la orden, somos, ¿cómo diría yo?, aprendices.

—¿Aprendices? Qué gracioso, nunca había escuchado ese término, pero sí, comprendo. ¿Y a que consejo asisten?

Esta vez le tocaba el turno a Roberto de intervenir.

—Bueno, yo voy a Don Bosco. Antonio también asiste al mismo sitio.

—¿Antonio? Mucho gusto, ¿su apellido es?

—Goti, Antonio Goti y él es Roberto Henríquez.

—Encantados, bueno espero que podamos conocernos más.

—Por supuesto.

Antonio, de inmediato, clavó sus ojos en Roberto, preguntándose qué había acabado de suceder.

—Bro, ¿por qué dijiste mi nombre?

—Igual tú diste tu apellido —respondió Roberto—. Inclusive les diste mi nombre y mi apellido.

—Claro, en ese momento, fue natural, no pensé bien lo que decía.

—Mira, creo que esos sujetos están revisando algo. Seguramente van a verificar si nuestros nombres están en alguna lista. ¡Mierda!

****

Sarah y Mey Lin se sentaron frente al mayor jubilado, listas para comenzar el interrogatorio.

—Bien, mayor, vamos a hacerle las cosas fáciles —Comenzó Sarah, tratando de mostrarse amistosa. —Sabemos que usted estaba involucrado en la planificación del ataque que estamos investigando. Solo necesitamos saber quién más estuvo involucrado y cómo planean llevarlo a cabo.

El hombre se tensó en su asiento, evidentemente nervioso.

—No sé de qué está hablando —dijo rápidamente—. No tengo idea de lo que está sucediendo.

Mey Lin frunció el ceño, claramente desconfiada.

—Mire, mayor, no hay tiempo para juegos. Sabemos que usted sabe más de lo que está diciendo. Si nos ayuda, podemos protegerlo.

El hombre pareció considerarlo por un momento, luego suspiró y comenzó a hablar.

***

Antonio se acercó a Roberto.

—¿Qué estará sucediendo? Deberíamos buscar a las chicas. ¿Sabes algo de lo que están haciendo Sarah y Mey Lin ahí adentro?

—No, bro, pero creo que lo mejor es que las busquemos, me siento más seguro en medio de un posible ataque terrorista que en este salón. Vámonos.

Caminaron a paso firme por el edificio, sintiendo la sospecha de que habían sido descubiertos. Mientras buscaban a las dos agentes, revisaron cada uno de los salones alternos, tratando de encontrar cualquier pista de su paradero.

A medida que avanzaban por el edificio, se fueron deteniendo en cada puerta para escuchar atentamente. Finalmente, en uno de los salones más alejados, oyeron voces. Con el corazón latiendo con fuerza, se acercaron sigilosamente a la puerta y escucharon.

Al otro lado de la puerta, Sarah y Mey Lin estaban interrogando a un hombre, tratando de obtener la información que necesitaban. Ellos intercambiaron una mirada, sabiendo que debían hacer algo para ayudar. Sin ruido, abrieron la puerta y entraron en la sala, dispuestos a todo para completar su misión con éxito.

—¡Ustedes dos! —exclamó el mayor retirado al verlos—. Reconozco sus rostros, ustedes no son de nuestra orden, ¡son masones!

—Veo que son populares —comentó Mey Lin con

una sonrisa—. Quién sabe en qué problemas se habrán metido anteriormente.

Antonio y Roberto se sintieron un poco incómodos con el comentario de Mey Lin, pero no dijeron nada.

—Te dije que hemos tenido algunas situaciones con esta orden anteriormente —dijo Antonio con un tono de voz cansado.

—Bueno, ya que están aquí —dijo Sarah—, ¿por qué no se quedan en la puerta y se aseguran de que nadie entre mientras nosotras continuamos con el interrogatorio?

Ellos asintieron con la cabeza y se colocaron junto a la puerta, listos para cumplir con su tarea. Mientras tanto, Sarah y Mey Lin se centraron en obtener la información que necesitaban de su prisionero. Aunque no fue fácil.

—Esta bien, les contare lo que sé. Sin embargo, me temo que para hacerlo debo remontarme varias décadas atrás, a los 70, cuando formaba parte de las Fuerzas de Defensa. El plan de atacar el Canal de Panamá surgió a finales de esa década.

CAPÍTULO 17
EL ASEDIO
DE LOS ASESINOS

El mayor Pérez, con una expresión de desesperación en el rostro, decidió finalmente hablar y, dirigiéndose, a los cuatro presentes, comenzó a narrar los antecedentes del macabro plan.

—A finales de 1977, se planificó un atentado terrorista que consistía en detonar una de las esclusas del Canal de Panamá con el objetivo de inutilizarlo. Se llevó a cabo un plan con operaciones de guerrilla y se establecieron los objetivos principales. Uno de ellos era reventar la represa de Gatún para inutilizar las esclusas y paralizar el tránsito por el canal durante meses o incluso años. Como segundo objetivo, se buscaba distraer a las fuerzas militares y policiales de los Estados Unidos en la Zona del Canal mediante ataques simultáneos. En total, se habían elegido quince objetivos en instalaciones norteamericanas en el Pacífico y el Atlántico, entre ellos la estación de Balboa, el cuartel general del Comando Sur en Quarry Heights, los aeropuertos de Howard y Rodman, el puesto de mando en Clayton de la brigada 173, las instalaciones del puerto de Balboa y la central eléctrica del área del Canal en las esclusas de Miraflores.

—Yo era uno de los encargados del equipo de inteligencia en temas relacionados con ataques terroristas y conocía todas las áreas vulnerables, críticas y de importancia que representaban puntos débiles del Canal interoceánico. Pocos estaban al tanto de los detalles de este plan, que estuvo muy cerca de cambiar el curso de la historia del país y del mundo y fue por esa razón que hace un año aproximadamente recibí una llamada. Alguien de quien jamás lo pensé, se comunicó conmigo para hacerme una propuesta.

Mientras el mayor Pérez hablaba, los cuatro presentes escuchaban atentamente, tratando de comprender cómo habían llegado a esa situación y quién podría estar detrás de todo eso. Tenían muchas preguntas y necesitaban más información para resolver el misterio y proteger el Canal. Sin embargo, estaban completamente ciegos ante el peligro inminente que los acechaba.

Antonio lo detuvo, ante su confusión, para hacerle una pregunta:

—Pero, mayor, algo que no me queda claro es quiénes estaban detrás de este ataque en la década de los 70 y quiénes planificaron ese plan en ese momento.

El exmilitar fijó su mirada en los muchachos con una sonrisa irónica y les respondió:

—¿Es que aún no se han dado cuenta de quién estaba detrás de todo esto? Pensé que los masones eran más intuitivos y habrían podido deducir quién ideó este plan macabro. ¿Acaso no han notado las pistas que les han estado dejando? ¿No han hecho las conexiones necesarias para llegar a la verdad? ¿Es que no han sido capaces de ver más allá de lo evidente? En realidad, pensé que ustedes, como miembros de la orden masónica, eran más astutos e inteligentes. Sin embargo, al parecer me equivoqué.

Mientras se encontraban en la sala, varios miembros de los Caballeros de Colón buscaban a Antonio y

Roberto, alertando a los miembros de la seguridad del hotel por la desaparición de uno de sus miembros, el mayor retirado Pérez.

Cuando los agentes de seguridad y algunos miembros de la orden se dirigieron a los pasillos, se encontraron con un grupo de sujetos sospechosos que, ante la situación, encendieron sus alarmas.

—¡Quédense donde están! ¿Quiénes son ustedes? ¡Identifíquense! —gritó uno del equipo de seguridad del hotel. En respuesta a su silencio, el de seguridad se volvió más insistente y les pidió con un tono más enérgico que se identificaran. Los sujetos, sin decir nada, desenfundaron sus armas y sin piedad abrieron fuego por el pasillo, disparando a todo a su alrededor. La ráfaga de tiros atravesó los salones, incluyendo aquel en que se encontraban reunidos con el mayor Pérez.

Roberto y Antonio, instintivamente, corrieron hacia un lado del salón mientras buscaban un lugar seguro donde esconderse. Mey Lin y Sarah, por su parte, se cubrieron detrás de una mesa cercana y apuntaron sus armas hacia la puerta, listas para enfrentar cualquier ataque inminente. En ese momento, cuando los masones vieron al otro lado del salón el brazo extendido del mayor jubilado Pérez, quien yacía inmóvil en el suelo, con expresión de desesperación en el rostro.

—Roberto, Pérez está herido, debemos colocarlo en un lugar seguro —dijo Antonio.

Con cautela, se arrastraron por el suelo hacia el cuerpo. Mientras se acercaban, pudieron ver que César Augusto Pérez estaba gravemente herido, con una gran herida en el pecho que había dejado un charco de sangre a su alrededor.

Sus ojos estaban cerrados y su respiración era débil y jadeante. Intentaron evaluar el daño y buscar una forma de detener la sangría, pero era demasiado tarde. Había perdido mucha sangre y no se podía hacer nada por él.

—No, ya es muy tarde —dijo el herido con un último suspiro—. Acérquense.

Antonio y Roberto se acercaron ante su solicitud.

—Atrapen a ese hijo de puta, deténganlo. Pero ¿quién es? ¿Cómo lo podemos encontrar? —preguntó Antonio.

—Coiba, deben ir a Coiba.

Y con un último suspiro el ex mayor Pérez falleció en ese momento.

Ante la terrible escena, Sarah y Meylin llamaron a los muchachos para que se colocaran detrás de unas mesas que habían movido para utilizar como barricadas.

—¡Quédense ahí! ¡No se muevan! —ordenaron.

Los mercenarios habían estado abriendo todos los salones del hotel en busca de Antonio, Roberto y el mayor. En su búsqueda, no dejaron puerta sin revisar y, al llegar al salón donde ellos se encontraban, abrieron la puerta de golpe con una patada. Para su sorpresa, se encontraron con una densa cortina de humo que los dejó inmóviles y desorientados. Sarah, que siempre tenía un AS (artefacto de humo) bajo la manga, había lanzado el dispositivo para ganar tiempo y desconcentrar a los mercenarios. Mey Lin y Sarah, ambas con mascarillas para protegerse del humo, aprovecharon la confusión que habían causado y comenzaron a disparar, derribando a los mercenarios uno por uno al suelo. A medida que los derribaban, se acercaban más a la puerta del salón, preparándose para una posible huida.

Uno de los mercenarios heridos intentó levantarse y disparar hacia Mey Lin, pero ella fue más rápida y lo abatió primero. Los demás, al ver que sus compañeros caían, comenzaron a disparar al aire y a gritar, tratando de llamar la atención de más de sus compañeros.

Antonio y Roberto, protegidos detrás de las mesas que habían usado como barricadas, trataban de comprender lo que estaba sucediendo y cómo habían llegado a esa situación.

—¡Vámonos de aquí! —gritó Sarah a los demás, mientras se acercaban a la puerta del salón.

Antonio y Roberto, aún aturdidos, trataron de seguir a Mey Lin y Sarah mientras huían del salón y del hotel. Sin embargo, antes de que pudieran llegar a la puerta, una gran explosión sacudió el edificio y todo se volvió oscuro.

Cuando volvieron en sí, se encontraron en medio de un caos total. El hotel estaba en llamas y el sonido de alarmas y gritos se oía por todas partes. Los escombros y el humo hacían difícil ver y respirar.

—¡Tenemos que salir de aquí! —gritó Antonio, intentando levantarse y ayudar a los demás a hacer lo mismo.

Sarah, que parecía estar más lúcida que los demás, tomó el control de la situación.

—Necesitamos encontrar una salida y alejarnos lo más posible del hotel —dijo, mientras intentaba orientarse en medio del humo.

Los cuatro comenzaron a avanzar a tientas, tratando de evitar los obstáculos y los escombros. Finalmente, encontraron una puerta que parecía llevar a la calle y salieron corriendo. Una vez afuera, se detuvieron a tomar aire y a evaluar la situación.

—¿Qué ha pasado? ¿Quién podría haber hecho esto? —preguntó Roberto, mirando el hotel en llamas.

—El mayor Pérez, antes de morir, nos dijo algo —aseguró Antonio.

—Creo que finalmente podríamos estar cerca de los responsables, y la clave de este misterio podría encontrarse en la isla de Coiba. Pero es mejor que nos alejemos de aquí lo más rápido posible y busquemos ayuda. Hay que avisar a aquellos en quienes podamos confiar, porque no será fácil, pero debemos hacer lo posible para proteger el Canal de cualquier ataque.

CAPÍTULO 18
A LAS PUERTAS
DEL ENIGMA

Los cuatro compañeros comenzaron a caminar lo más rápido que podían, buscando un lugar seguro donde pedir ayuda y planear su próximo movimiento. A medida que se alejaban del hotel en llamas, se dieron cuenta de que habían sido testigos de una verdadera conspiración que podría tener consecuencias devastadoras a nivel mundial. Ahora más que nunca, debían hacer lo posible para proteger el Canal de Panamá y descubrir a los responsables de ese macabro plan.

—Hemos de buscar una forma de llegar a Coiba. Tal vez podamos encontrar algún barco o algún otro medio de transporte para llegar allí —dijo Sarah, mientras sacaba su móvil para intentar hacer una llamada de emergencia.

Los cuatro se trasladaron como pudieron en un vehículo a un lugar donde encontraron refugio con la ayuda de Malcolm. Se trataba de un templo localizado en la avenida Manuel Amador Guerrero donde operaba una Fraternidad llamada The Ancient Order of Forester.

A su llegada, fueron recibidos por miembros de la orden, quienes habían habilitado un sitio para que pudieran quedarse mientras se planteaban los siguientes pasos a seguir.

El templo era un poco más modesto que el templo mecánico y presentaba en su interior, de igual forma, las imágenes y fotos de miembros distinguidos de la orden, así como toda la parafernalia, logotipos e imágenes relacionadas con esa hermandad, en sus paredes predominaban los colores, verde, amarillo, rojo y blanco y en el ambiente se sentía un fuerte olor a incienso y azufre.

Los cuatro compañeros entraron en la habitación que les habían reservado.

—Haremos algunas llamadas Mey Lin y yo. Necesitamos buscar todo el apoyo de forma local, para no despertar sospechas —indicó Sarah.

—No contamos con suficientes operativos de nuestras agencias y no sabemos qué tan infiltrado está este grupo en las agencias de seguridad del país —aseguró Mey Lin.

Antonio y Roberto, ante la situación, no dejaban de repasar en su mente lo que había sucedido y la escena en que el mayor Pérez fallecía prácticamente en sus brazos.

—Chicos —dijo Sarah— sea cual sea el desenlace de esta misión, creo que ha llegado el momento de que no continúen.

Mey Lin, quien se encontraba a lado de Sarah, con un gesto mostró su acuerdo con estas palabras.

—Con este último dato, ya tenemos un sitio definitivo hacia dónde dirigirnos. Nosotros contactaremos a los miembros de nuestras agencias en Panamá y a las pocas personas que consideramos que podrían brindarnos apoyo en esta última fase de la misión. Ustedes ya han ayudado suficiente, pero es un riesgo innecesario que continúen.

Antonio y Roberto se miraron el uno al otro, incómodos. No querían abandonar la misión, a pesar de que a Sarah y Mey Lin no les faltaba razón en que habían arriesgado su vida lo suficiente y no querían poner en peligro sus vidas aún más.

—No podemos irnos ahora —dijo Roberto con determinación—. Debemos terminar lo que hemos empezado. Debemos proteger el Canal de Panamá y detener a los responsables del ataque.

Antonio meditó en silencio sobre lo que estaba sucediendo y añadió:

—Por alguna extraña razón, quedamos metidos en esta situación y, de alguna forma, ayudamos a llegar aquí, si algo he aprendido es que no hay nada casual. Además, y esto lo sabe muy bien Roberto —afirmó, clavando sus ojos en él—. Nosotros hemos hecho un juramento de lo que no nos podemos zafar y si este es nuestro momento para cumplirlo para servir a nuestro país y a nuestros prójimos debemos hacerlo cumplir.

—Roberto tiene razón —añadió Antonio—. No podemos irnos ahora. Hemos venido desde muy lejos y hemos arriesgado demasiado. Tenemos que ver esto hasta el final.

Sarah y Mey Lin intercambiaron una mirada preocupada antes de volverse hacia ellos.

—Entendemos que quieran seguir adelante con la misión —dijo Sarah—, pero también hemos de tener en cuenta su seguridad. No queremos poner en peligro sus vidas innecesariamente.

—Tal vez podamos encontrar una forma de involucrarlos de manera más segura —sugirió Mey Lin—. Pero, si eso es lo que ustedes quieren hacer, yo no los detendré y respetaré su decisión.

Sarah miró a Mey Lin y asintió con un gesto.

Pasaron algunas horas mientras Sarah y Mey Lin realizaban sus respectivas llamadas. Ambas utilizaron sus equipos especialmente encriptados para no ser interceptadas mientras estudiaban el próximo objetivo: la isla de Coiba. Después de debatir algunos

153

temas entre ellas, finalmente se dirigieron a ellos.

—Conseguí un transporte aéreo que nos puede llevar a la costa cercana, desde donde podremos trasladarnos en un bote. Pero debemos estar en el punto de traslado en media hora —dijo Sarah.

—Nosotras nos encargaremos de empacar lo necesario y, si hay suerte, quizás logremos conseguir algún tipo de apoyo que nos pueda acompañar en la misión —continuó Mey Lin.

Los jóvenes asintieron en silencio, comprendiendo la importancia de la misión y la necesidad de contar con todo el apoyo posible. Con prisa, comenzaron a reunir sus cosas y a prepararse para partir. Sabían que no disponían de mucho tiempo y debían aprovechar cada minuto para tener la mayor posibilidad de éxito en su misión.

A su llegada al lugar de encuentro, los cuatro se colocaron en una plataforma en espera del vehículo. De repente, un helicóptero irrumpió en la noche, atravesando la silueta de una luna en fase de cuarto menguante.

Ellos se movieron hacia atrás, empujados por la fuerte brisa generada por las aspas del helicóptero, mientras daban paso al aterrizaje.

Cuando el helicóptero aterrizó, un hombre se bajó y se quitó su casco y sus lentes, revelando su identidad.

—As-salaam 'alaykum, Sarah Cohen, ¿cómo estás? Tuviste suerte de encontrarnos en la provincia de Colón viendo algunos temas comerciales —aseguró Ameth mientras se acercaba a ellos acompañado de Mohamed, quien se encontraba sentado en la parte delantera del helicóptero como copiloto.

—Gracias por el apoyo, Ameth. Como te dije, es de suma importancia que lleguemos a las costas cercanas de Coiba lo más rápido posible, donde nos esperan unas lanchas —dijo Sarah.

—Veo que ya no estás tan sola ahora. Tienes más compañía —comentó Ameth—. Vengan y monten en el helicóptero.

Los cuatro asintieron y subieron al helicóptero, ansiosos por llegar a su destino y comenzar la misión.

Ya en el helicóptero, se dirigieron hacia el otro lado del istmo, con dirección al Pacífico. Durante el viaje, los tripulantes observaron el país desde el cielo y admiraron la majestuosa obra que era el Canal de Panamá, una obra que brindaba muchos beneficios al mundo. Facilitó la comunicación entre continentes y que había beneficiado significativamente a tantas personas y países. Muchas personas no tenían idea del impacto que esta vía tenía en el planeta. Insumos y materiales que podrían tomar meses en llegar de un extremo a otro, verían significativamente reducido el tiempo de transporte gracias a que este pequeño istmo se sacrificó y se dividió en dos para beneficiar a sus hermanos. Ahora estaba en juego no solo el Canal, sino también el impacto comercial, económico e incluso en vidas.

Cuando llegaron al destino, cerca de la costa, el helicóptero se acercó al siguiente punto de encuentro y descendió.

—Gracias, Ameth. Esperemos no llegar demasiado tarde —dijo Sarah.

—As-salaam 'alaykum —dijo Ameth, a lo que Sarah respondió —Shalom aleijem.

Mientras se despedía Mohamed le dijo algo en árabe a Ameth mientras los cuatro bajaban del vehículo.

—Ya sabes que no podemos intervenir. Nos podríamos

meter en suficientes problemas si hacemos esto, y lo sabes —dijo Ameth.

Ya estando los cuatro más cerca de su objetivo, tenían algo muy claro: que a partir de ese punto ya no había marcha atrás.

Templo de la orden Forester localizada en la avenida Amador Guerreo Colón.

CAPÍTULO 19
EL PUNTO DE
NO RETORNO

A su llegada al punto de encuentro en Santa Catalina, un pequeño pueblo costero con casas de madera y techos de palma, Mey Lin recibió de su contacto la información del sitio exacto donde debían dirigirse para ocupar su vehículo. La calle principal estaba atestada de gente y puestos de comida, y el olor a pescado fresco y ahumado se mezclaba con el aroma a sal del mar. Sin tiempo que perder, los cuatro se dirigieron al lugar y ocuparon la lancha rápida con el casco de fibra de vidrio reluciente y el motor fuera de borda rugiendo. Mientras navegaban hacia las costas de la isla, el viento azotaba sus rostros y el agua salada les salpicaba.

La isla de Coiba, en el área de la costa pacífica, en el golfo de Chiriquí, era un lugar salvaje con playas de arena blanca y aguas turquesas. Fue en el pasado una colonia penal, pero ahora forma parte del Parque Nacional Coiba, que es conocido por su diversa vida marina y los animales que habitan en su jungla. El plan era arriesgado pero sencillo: acercarse al lugar e investigar el sitio. Sarah y Mey Lin, antes de salir de Colón, enviaron mensajes a sus contactos y miembros operativos de confianza, utilizando comunicaciones encriptadas. No sabían cuántas personas podrían brindarles apoyo, ni mucho menos si estuviesen disponibles para acompañarlos, pero, en vista de la urgencia de la situación, decidieron adelantarse para iniciar las investigaciones.

—Chicos, a nuestra llegada nosotros nos separaremos para poder investigar y reconocer el lugar. Ustedes se mantendrán cada uno con una de nosotras —dijo Sarah con su voz firme y segura—. Pase lo que pase, no se alejen. Si todo sale bien, esperamos recibir refuerzos. Sin embargo, decidimos realizar una investigación del área a nuestra llegada.

Efectivamente, al encontrarse relativamente cerca, las espías decidieron apagar el motor de la lancha y remar con cautela hasta encontrarse cerca de la costa. Bajaron y acordaron seguir cada grupo en dirección contraria, manteniendo siempre la comunicación abierta entre los grupos. Antonio y Mey Lin tomaron rumbo al oeste mientras Sarah y Roberto lo hicieron al este.

La isla estaba cubierta por una espesa vegetación, con árboles altos y hojas gigantes. El aire era frio y húmedo, y se podía oír el constante zumbido de los insectos y el canto de los pájaros. El suelo era rocoso y resbaladizo debido a la humedad y al musgo que cubría gran parte de la superficie. Mientras avanzaban, Antonio y Mey Lin tuvieron que sortear raíces y ramas que obstaculizaban su camino. Sin embargo, a pesar de la belleza del lugar, había algo inquietante en el aire, como si algo estuviera a punto de suceder.

Mientras caminaban por la espesa vegetación de la jungla, se dirigieron hacia una colina para conseguir una mejor visión del entorno. Entonces, desde lejos, Mey Lin vio algo que la sorprendió: una de las embarcaciones chinas que habían estado investigando y a la que habían perdido el rastro. A pesar de estar casi segura de que era ese barco, a esa distancia era muy difícil confirmarlo, debido a que parte de él estaba oculto bajo una gruesa lona.

—¿Qué pasa, Mey Lin? ¿Encontraste algo? —preguntó Antonio.

—Sí, creo que sí, pero debo acercarme. Estoy muy lejos—, respondió ella.

—¿Estás segura? ¿No es peligroso? —preguntó Antonio, preocupado.

—No te preocupes —dijo Mey Lin con tranquilidad—. Espera aquí, Antonio.

Antonio se quedó en el lugar, observándola mientras se acercaba poco a poco al barco. Antonio se dio cuenta de que un individuo armado también se acercaba al barco desde el otro lado. Antonio no pudo evitar sentirse preocupado, pero confiando en la habilidad de Mey Lin, decidió mantenerse alerta y observar lo que sucedía.

Cuando ella llegó al puerto, se acercó cautelosamente al barco. Una vez cerca, movió la gruesa lona que cubría el barco para confirmar sus suposiciones: era un pequeño barco pesquero una de las embarcaciones chinas desaparecidas que habían estado buscando. De repente, el sonido de unos pasos llamó la atención de Mey Lin, y se escondió para no ser detectada Mientras mantenía su respiración y permanecía inmóvil, fue sorprendida por un sujeto que se encontraba justo al otro lado.

—¿Quién eres tú? ¡Detente!

Mey Lin, con un rápido golpe en la parte baja de la espalda, aplicó una llave que derribó al agente. A pesar de que el hombre logró escapar forcejeando y se levantó al instante.

—¡Maldita china! —gritó el mercenario.

Mey Lin se mantuvo en pie y sacó su pistola.

En ese momento, otro sujeto apareció por detrás de Mey Lin y se lanzó sobre ella, provocando que cayera y perdiera su arma.

Antonio, al ver lo que estaba sucediendo, se comunicó con Sarah y Roberto para alertarlos; sin embargo, sabía que estaban demasiado lejos para poder ayudarles.

—¡Sarah, Roberto! Mey Lin está en peligro, la están atacando.

Sarah respondió con preocupación al escuchar esto.

—Antonio, estamos del otro lado de la isla. El lugar está lleno de mercenarios. Podemos ver la operación desde aquí, pero son demasiados. No podemos hacer mucho desde aquí, es muy arriesgado.

Antonio decidió ir hacia donde Mey Lin, quien se encontraba en una situación difícil, rodeada por dos mercenarios armados y sin su arma. Sin embargo, ella no se daba por vencida y buscó desesperadamente una forma de escapar. Rápidamente, recordó que llevaba un cuchillo en su bolsillo y lo sacó con determinación, logrando herir a uno de los sujetos. Pero el otro le propinó un golpe en la cara, dejándola aturdida en el piso. Antonio, que había estado observando la situación desde cerca, tomó una piedra pesada y golpeó a uno de los agresores por sorpresa. El otro lo agarró a él del cuello y lo derribó con un fuerte golpe en el estómago, dejándolo también inmóvil en el suelo.

Mientras los dos se encontraban inconscientes, uno de los mercenarios tomó su radio para informar de lo sucedido.

—Comandante, hemos atrapado a dos intrusos. ¿Qué quiere que hagamos con ellos?

—Tómeles una foto y envíamela —respondió su Superior.

El mercenario tomó la foto y la envió a su jefe mientras el otro hombre se recuperaba del golpe en la cabeza.

—Muy bien, tráigalos aquí. Quiero verlos vivos —ordenó su Superior.

CAPÍTULO 20
LA REVELACIÓN
DE JANUS

Mey Lin y Antonio se encontraban atados y sujetos a unas sillas. Sus ojos estaban lastimados por los reflectores que se encontraban frente a ellos, haciéndoles difícil ver la silueta del hombre que estaba de pie en una plataforma superior. A su alrededor, había varios tipos armados, listos para actuar en cualquier momento. Ambos se sentían vulnerables y completamente a merced de los terroristas, con sus rostros mostrando moretones y heridas por los golpes que habían recibido. Estaban inmóviles y desprotegidos, sin ningún medio para defenderse o escapar.

El sujeto frente a ellos con un movimiento de mano pidió que redujeran la intensidad de los reflectores, pero aún era difícil ver su rostro.

—Mey Lin y Antonio Goti, me han caído del cielo; supongo que sus otros dos compañeros también andan en la isla. No, no tardaremos en encontrarlos. Debo confesar que me han sorprendido, jamás pensé que llegarían tan lejos. Sin embargo, todo lo que han hecho y lo que intentan hacer será en vano.

Mey Lin, enfurecida, le gritó al sujeto.

—Maldito lunático, ¡esto que intenta hacer es una locura! Sabemos que intentará echarles la culpa a los chinos, seguro que esos barcos están relacionados con su plan.

El sujeto movió la cabeza, dando a entender que estaba de acuerdo.

—Qué ingeniosa eres, Mey Lin, pero, además, te puedes imaginar mi sorpresa ahora que tengo en esta isla —donde se llevaba a cabo la operación— los cuerpos sin vida de una agente china y un sujeto con doble nacionalidad una de las cuales es la colombiana. Por eso siento que me han caído del cielo. Para cuando nuestro plan culmine y ya no estaremos en este lugar, ustedes seguirán aquí.

Antonio, tratando de luchar con la luz de los reflectores y dirigiéndose al frente, comenzó a repetir una y otra vez el nombre de Janus.

—Janus, Janus. Ingenioso nombre para la operación. O así nos hicieron creer, ¿me equivoco?

El sujeto en la tarima le invitó a continuar con un gesto.

—Janus es una deidad pagana que representa las puertas y también la dualidad de las cosas. Alguien me dijo recientemente que las monedas tienen dos caras. Janus no es el nombre de la operación, sino el nombre de la persona que está detrás de ella. Usted es Janus, alguien que está involucrado y conoce los operativos de seguridad de manera que sabe cómo evadirlos. Nunca contó con que alguien pudiera descifrar el código y llevar agentes a uno de sus centros de operaciones. Aunque eso no importó mucho, porque modificó a tiempo sus planes y preparó una emboscada en su siguiente ubicación. ¿Quién más que usted posee buenos contactos con servicios de inteligencia y con la antigua Unión Soviética para conocer el cargamento de armas que pasaría por el canal, y la influencia suficiente para hacerse con él? Seguro que ese coqueteo con el Gobierno para llevarse buenos contratos de asesor de seguridad le da lo suficiente para financiar una operación como esta. ¡Con los millones que habrá buenos contactos con servicios de inteligencia y con la antigua Unión Soviética para conocer el cargamento de armas que pasaría por el canal, y la influencia suficiente para hacerse con él? Seguro que ese coqueteo con el Gobierno para llevarse buenos contratos de asesor de seguridad le da lo suficiente para financiar una operación como esta. ¡Con los millones que habrá costado! Además, ¿usted participó junto a sus antiguos compañeros, incluyendo al mayor Pérez, en el plan de detonar una de las esclusas a finales de los 70 si no se aprobaban los tratados Torrijos Carter? El dios con dos rostros: por un lado, el bonachón mayor retirado, siempre listo para apoyar y siempre dispuesto a servir al Estado, y, por otro, un terrorista desquiciado. ¿Me equivoco? ¿Ex mayor Caicedo?

Después de esas palabras, un silencio se apoderó del lugar. Los mercenarios observaban con atención al sujeto que estaba en la plataforma, esperando ver su reacción. De repente, este comenzó a levantar sus palmas y a aplaudir lentamente, aumentando poco a poco la velocidad del aplauso. El ambiente ya era lo suficientemente tenso y el sujeto parecía disfrutar cada momento. Luego, con un gesto, pidió que apagarán los reflectores, revelando su rostro.

Mey Lin se sorprendió al ver este rostro conocido frente a ella, el hombre de confianza del Gobierno y alguien de quien nunca sospecharía que era el líder de un grupo terrorista, Jorge Caicedo.
—¿Cómo es posible que usted sea Janus? —preguntó Mey Lin con incredulidad.
El ex mayor sonrió con ironía.
—Hay muchas cosas que no saben, Mey Lin.

Caicedo, luciendo su uniforme, caminó hacia una silla colocada sobre la plataforma, frente a la pareja, que permanecía atada.

—¿Terrorista, dices? Solo soy un soldado que está llevando a cabo una misión. Una que fue planificada hace mucho, pero que nunca llegó a darse. Una noche de enero de 1978 fuimos citados a la residencia del entonces coronel Noriega en San Francisco, a quien el general Torrijos le ordenó planificar un ataque a una de las esclusas del canal de Panamá. Se eligieron varios objetivos y nos organizamos para dicho propósito. Incluso varias de nuestras mejores unidades de la Guardia Nacional fueron enviadas a Israel para realizar cursos especiales de comando terrestre, marítimo y de explosivos. Fueron reclutados aproximadamente 200 hombres, las 6 compañías de infantería de la Guardia Nacional ubicadas en todo el territorio: de los Tigres de Tinajita, de los Pumas de Tocumen, de los Diablos Rojos de Chiriquí, de la Urraca en el cuartel central, de Victoriano Lorenzo en el fuerte Amador y de los Macho de Monte en Río Hato. También se reunió a todos los hombres rana y al personal especializado en explosivos. Yo era capitán en ese momento. Las unidades seleccionadas vistieron con ropas civiles y dejaron crecer su cabello y su barba, lográndose infiltrar con frecuencia en áreas importantes para hacer reconocimiento de los puestos de ataque. No fue fácil burlar a los servicios de inteligencia del Pentágono. Después de la Segunda Guerra Mundial, ejercía un control sobre los ejércitos de Latinoamérica, los cuales requerían de su aprobación para la compra y venta de armamentos. Pero nosotros logramos evadirlo, pues compramos los fusiles FAL en la Fabrique Générale des Armées de Bélgica y adquirimos en Francia y Suecia las armas y explosivos necesarios. En Francia compramos lanzacohetes String de 89 mm y morteros Brand de

120 mm con un alcance de 13 km además de 2000 granadas antitanque y 3000 minas antipersonas. En Suecia adquirimos cinco toneladas de explosivos a granel. Todo llegó clandestinamente a Panamá. En el caso de los explosivos, su transporte fue más sencillo, ya que los camuflamos como fertilizantes. Y fue aquí en esta isla, donde se llevaron a cabo los ejercicios guerrilleros para prepararnos para el ataque. La palabra clave era «potable». Luego de la votación del Senado de los Estados Unidos, el general Torrijos se dirigiría a la nación. Si durante el discurso, el general Torrijos decía que el tratado era potable, se suspendía la operación; si decía que no lo era, se ejecutaba.

Atónitos, Antonio y Mey Lin escuchaban atentos a las palabras de Caicedo.

—¿Por qué diablos ha decidido llevar a cabo este ataque? El tratado firmado establece que el Canal es de Panamá y de los panameños —Mey Lin gritó con claro disgusto.

—¿Eso es lo que piensas? Dime una cosa: ¿realmente crees que la Zona del Canal es de los panameños? ¿Crees que los gobernantes y la clase política tienen los intereses del país por encima de sus propios intereses? Cualquier potencia extranjera o corporación puede comprar y financiar a cualquier oportunista para que ocupe un cargo de elección a su antojo, con el fin de asegurar sus propios intereses. De esta forma, otras potencias y corporaciones se han ido adueñando de nuestro territorio. Pero ¿quién detiene este comportamiento en una sociedad donde ha hecho prácticamente metástasis, como un cáncer, y nadie se salva, Gobierno, oposición, independientes? ¡Ha! Todos buscan sus propios intereses. Temas críticos como la educación, la planificación vial y la salud quedan en segundo plano, porque siempre se dará prioridad a aquellos proyectos donde el beneficio económico para algunos sea el resultado. —Caicedo, evidentemente alterado, hizo una pausa—. La lucha por la soberanía unió al país. Como ciudadanos, nos despojamos de nuestras propias aspiraciones y caminamos juntos hacia un norte común. Necesitaremos un evento que nos sacuda y nos haga reflexionar. Solo en tiempos difíciles es cuando comenzamos a apreciar y a reconocer lo que realmente es valioso. El general Torrijos jamás habría permitido que el país llegara a tener estas carencias tan básicas, y menos habría permitido que se desprotegiera a los más necesitados.

—Hablas como si el general Torrijos fuera una especie de santo, Caicedo— respondió Antonio.

—¿Qué hay con los asesinatos durante la dictadura? Dirigentes políticos, profesionales, estudiantes desaparecidos. Y los demás crímenes de los torturadores y asesinos que aún están libres. Durante la dictadura militar se dieron muchas acusaciones de abusos y violaciones a los derechos humanos. Es cierto que se avanzó mucho como país y se le dieron muchas oportunidades a una clase media y baja que antes no existía. Sin embargo, también se cometieron muchos atropellos y crímenes, y desapareció la democracia.

—Sí —concedió Caicedo—. No todo fue maravilloso, pero las acciones tomadas eran necesarias. Éramos militares y debíamos defender nuestros intereses a la fuerza si fuese necesario. Aunque muchos nos acusen por esos crímenes, no veo a nadie criticando a los Estados Unidos por los cientos de desaparecidos causados por su invasión. Nada de lo que sucedía en Panamá se hacía sin el visto bueno de los gringos, siempre y cuando siguiéramos cooperando y marchando de acuerdo con sus intereses. Ellos permitían que los militares siguieran en el poder. Todos los golpes de Estado se hicieron con su venia y, en muchos casos, a causa de ellos. No les interesaba si era la oligarquía o los militares los que estuvieran en el poder, ni mucho menos los atropellos que cometieran, siempre y cuando hicieran valer sus intereses. Sin embargo, el 20 de diciembre de 1989 fueron recibidos con bombo y platillos, más de mil muertos y miles de heridos en un acto salvaje e innecesario provocado por ellos. ¿Sabes cómo manejaban el país antes del 68? Debíamos deshacernos de los partidos políticos, que habían llevado a Panamá a la situación en la que estaba, donde solo los oligarcas tenían el control. ¿Acaso crees que esos partidos habrían permitido los cambios que se llegaron a hacer? Míranos ahora, vivimos en un sistema donde no hay forma de que el país avance sin rendirse a los intereses de los grupos de poder que financian y controlan al país sin importar el órgano gubernamental. Torrijos sabía bien que los objetivos no eran siempre fáciles de alcanzar, por eso ordenó el plan de ataque al Canal. Si no se concretaba el tratado por las buenas, se debía usar la fuerza.

—Este ataque tendrá efectos incalculables, no solo para el país, sino para el mundo entero. Sus consecuencias serán terribles —añadió Mey Lin.

—Ya es demasiado tarde y no hay nada que puedan hacer —respondió Caicedo—. Ya se encuentran en dirección hacia el Canal los barcos con bandera china, y dentro de su estructura hemos colocado explosivos de manera que nadie podría detectarlos. Justo al amanecer del día del solsticio, varios barcos estarán a lo largo del Canal en diferentes puntos y serán detonados de forma remota. Ya para ese momento estaremos lejos de aquí, y ustedes estarán solos, con sus cuerpos sin vida esperando ser encontrados por las autoridades. —Caicedo hizo una pausa y bajó la intensidad de su voz mirando fijamente a Antonio—. Eres muy ingenuo. ¿Confías en ella? —dijo, señalando a Mey Lin—. ¿Realmente crees que ella tiene el mejor interés de nuestro país en mente? Debes considerar que en China no existe la libre empresa, y todas las empresas están vinculadas al Estado. Cualquier compañía china que entra en nuestro país representa una extensión de los tentáculos del Gobierno chino, y su objetivo es apoderarse de nuestro territorio. No es más ni menos que la zona canalera, donde sus puertos ahora son controlados indirectamente por ellos. Solo están buscando sus propios intereses y, con la complicidad de nuestras autoridades, esa tarea se les ha vuelto muy fácil.

—Sabe, Caicedo, debo admitir algo —dijo Antonio, haciendo una pausa—. Mucho de lo que nos ha dicho, lo comparto, aunque no sus métodos. Pero hay algo en lo que definitivamente se equivoca, y es cuando dice que estamos solos.

Justo en ese momento, una estruendosa explosión sacudió el lateral del área principal donde estaban localizados, y Mey Lin y Antonio cayeron al suelo.

CAPÍTULO 21
NO ESTAMOS
SOLOS

En ese momento, sorpresivamente, y de ambos extremos, diferentes brigadas fueron apareciendo en el lugar, mientras el espeso humo cubría el sitio. Los disparos de metralletas y explosiones se escuchaban por todos lados. En ese momento de confusión y de caos, unos sujetos se acercaron dónde estaban Mey Lin y Antonio aún amarrados a las sillas y tendidos en el piso.

Antonio apenas comprendía lo que sucedía, pero logró escuchar a un sujeto a sus espaldas que le decía algo a Mey Lin mientras sentía con alivio que los liberaban y soltaban los nudos que con fuerza los sujetaban a las sillas.

El mayor Caicedo, airado, gritaba que dispararan, mientras los mercenarios protegían la base muy cerca de la plataforma.

Ubicados en un lugar seguro entre el caos, Antonio se sintió aliviado cuando vio un rostro familiar acercándose. Se trataba de Sarah que, junto a una cuadrilla de compañeros también del Mossad, y la ayuda de una cuadrilla de agentes chinos que también acudieron al llamado de ayuda, había logrado penetrar en el área donde se encontraban Mey Lin y Antonio y liberar a Mey Lin y Antonio.

—Sarah, ¿qué está sucediendo? —preguntó con sorpresa Antonio.

—Antes de venir contactamos a nuestras agencias y personas de confianza que consideramos que podrían brindarnos apoyo. Para nuestra sorpresa tuvimos éxito.

Justo en ese momento, una cuadrilla de veteranos norteamericanos desde el flanco izquierdo se tomaron el área inmovilizando a los mercenarios que se ubicaban en esa área de la isla. Encabezando ese grupo de norteamericanos estaba George, quien con una radio se comunicaba con otro grupo que estaba llegando en ese momento y se encontraba muy cerca de la orilla.

—Brother, we are clear! —informaba George por medio de la radio mientras del otro extremo recibía confirmación del mensaje recibido nada más y nada menos que de Malcolm Thompson, quien también había llegado, junto a exmiembros de las Fuerzas de Defensa que se habían unido a la causa

—Roger that, brother we are here!

Los mercenarios que seguían las instrucciones de Caicedo se mantenían disparando para proteger el centro de operaciones, que se había montado muy cerca de la tarima donde había estado hacía unos momentos. Endemoniado, el ex mayor se acercó entre el estruendo de las balas para preguntar cuánto faltaba para que su plan culminara, pues de acuerdo con sus cálculos ya debían de estar en posición los barcos que estaban en espera para ingresar al Canal de Panamá y ser detonados.

—Comandante, tenemos un problema —respondió con nervios el subalterno que estaba monitoreando la posición de los barcos

—¿Qué esta pasando! ¡Ya es hora! ¡Detona esos malditos barcos!

Lo siento, mayor aún a ningún barco le han dado entrada al Canal, no entiendo que está pasando de acuerdo, con nuestros cálculos ya a esta hora deberían encontrarse dentro del área.

—¡Maldita sea! ¡Llama a nuestro agente, averigua qué sucede!

—¡Como usted ordene, mayor!

Entre las intensas detonaciones y el constante caer de balas, Antonio fue llevado a un lado de la isla donde se encontraba Roberto. Ambos estaban aturdidos y con la adrenalina a tope, pero, para su sorpresa, se dieron cuenta de que habían logrado salir ilesos de la embestida, a pesar de que Antonio presentaba algunos moretones y raspones en su rostro.

—Hermano! ¿Cómo estas? — Preguntó Roberto al ver a su entrañable amigo.

—Bien, hermano. Por suerte, llegaron los refuerzos a tiempo. Sin embargo, aún no estamos fuera de peligro. El mayor pretende detonar unos barcos justo cuando se encuentren en posición dentro de las esclusas del canal de Panamá. ¡Hay que detener esos barcos!

Mey Lin y Sarah, junto con un grupo de apoyo formado por agentes del Mossad y chinos, se encontraban en una misión desesperada. Su objetivo era acercarse al centro de operaciones clave para obtener acceso al sistema que controlaba los detonadores remotos de los barcos. Sarah, una experta en operaciones encubiertas, decidió separarse del grupo para intentar acercarse sigilosamente mientras los operativos distraían a los mercenarios, abriendo el camino para ella. Con su entrenamiento y habilidades, ella esperaba poder infiltrarse en el centro de operaciones y desactivar los detonadores antes de que fuera demasiado tarde. El equipo trabajaba contra el tiempo y la tensión estaba en su punto máximo mientras se acercaban al objetivo final.

Fue en ese momento crucial cuando Sarah se encontró cara a cara con un grupo de mercenarios que estaban apostados del otro lado de la colina. A pesar de contar con un fusil en sus manos, ella sabía que estaba en desventaja y que podría estar cerca de su fin. Sin embargo, en el momento más crítico, una ráfaga de disparos desde el flanco derecho sorprendió a los mercenarios, dándole a Sarah la oportunidad de abrir fuego y eliminar a sus objetivos. Con la misión cumplida, Sarah se asomó sobre el montículo y con sorpresa divisó a sus inesperados salvadores: Mohamed y Ameth, quienes se encontraban infiltrados entre la selva y habían aceptado apoyar su pedido de ayuda.

Con un gesto apuntado su pulgar hacia arriba dejaron saber a Sarah que estaba despejada el área.

—Mohamed, no sé cómo me convenciste para hacer esto, espero que no nos metamos en ningún problema por tu culpa.

Mohamed, con un gesto moviendo la cabeza, desaprobó lo que le decía su compañero.

Del otro lado de la costa del Pacífico, en el centro de control del Canal de Panamá, un agente infiltrado en la operación recibía una llamada

—¿Qué está pasando? ¿Por qué los barcos aún no han ingresado al Canal?

Nervioso, el agente se movió de su puesto

—Todo se ha atrasado, esto no suele pasar, pero no es raro.

—¿De qué hablas? ¿Por qué esta todo atrasado?

—Una espesa neblina ha cubierto todo el trayecto qué pasa por el corte Culebra, debido a la poca visibilidad se ha detenido el tráfico por la vía. Es un fenómeno que está fuera de nuestras manos.

—¿Neblina? Pero ¡qué mierda!
Mientras Mey Lin y los demás agentes seguían intercambiando disparos, en su radio fue recibiendo una señal que poco a poco se comenzaba a escuchar mucho más claro.
—¿Mey Lin?, ¿Sarah? ¿Me escuchan?
Mey Lin sujetó la radio, era un mensaje que procedía de uno de sus canales seguros.
—Copiado, ¿quién es?
—Soy el ministro Bastimento, estamos acercándonos a la isla, voy con una flota de agentes del Servicio Nacional Aeronaval, estamos llegando.
El ministro, aún herido, con el brazo en cabestrillo, llegó al lugar acompañado por una flota marítima de agentes leales del SENAN. Con su presencia, el grupo de Sarah se sintió reforzado y motivado para continuar con la misión, sabiendo que contaban con ese respaldo. El ministro, a pesar de su herida, estaba decidido a liderar a su equipo hacia la victoria final. El grupo se preparó para enfrentar cualquier desafío que se presentara en su camino hacia el objetivo final.
Sarah tomó el comunicador
—Ministro, necesitamos que detengan los barcos que están por entrar al Canal del lado del Pacífico, deben de llevar bandera china: transportan explosivos y el plan es detonarlos cuando se encuentren dentro.
—¡Copiado!
El ministro de inmediato informó a los agentes de seguridad para que se dirigieran hacia el área para interceptar a los barcos.
Ante la desesperación, el mayor se dirigió junto a varios de sus hombres de confianza a un cuarto donde comenzaron a abrir varias cajas con distintas

piezas que inmediatamente comenzaron a armar.

Justo en ese momento, George y Malcolm habían podido acercarse lo suficiente a la plataforma principal y, en un intento desesperado, Malcolm tomó una de las radios de los mercenarios ultimados para comunicarse con Caicedo.

—Caicedo, escúchame. Se que estás ahí. Soy Malcolm.

El ex mayor sujetó la radio al escuchar la voz de su excompañero al que, a pesar de estar ahora en otro bando, aún lo recordaba con aprecio.

—Malcolm, sabes bien que estos planes no eran los que nuestro general había previsto. Como soldado, antes de morir, quiero asegurarme de completar la misión que se nos asignó.

—¡Qué cosas dices, Caicedo! Nosotros tuvimos nuestra época, nuestra generación hizo su parte. Para bien o para mal, nuestra consciencia y la historia nos juzgarán. No nos corresponde intervenir en lo que suceda actualmente. Son las generaciones actuales las que deben actuar y serán las responsables de sus acciones, además de ser juzgadas por las generaciones futuras. Nuestro propio general decía que, cuando llegara a retirarse, no quería involucrarse en los asuntos del país, sabiendo que tampoco sería tomado en cuenta. Nosotros disfrutamos nuestro momento histórico, ya pasó nuestro tiempo. Ahora es el turno de los líderes actuales, de ellos depende el destino del país.

—¡Te equivocas Malcolm! Me niego a ver cómo nuestra patria retrocede a causa de los poderes económicos, el clientelismo y el robo descarado. Sin un plan, sin un norte, cada uno luchando por su cuenta. Este no es el país que soñé, por el que luchamos. No puedo aceptar ver cómo nuestra nación se desmorona mientras se deja en manos de aquellos que solo buscan enriquecerse a costa del pueblo. Es hora de actuar, de luchar por nuestra patria y de asegurarnos de que vuelva a ser el lugar que todos soñamos, un lugar justo y próspero para todos.

—¡Detén este maldito plan de inmediato, Caicedo! Esto es una locura. Todos cometimos errores en el pasado, pero lo que intentas hacer no va a solucionar nada. Esta acción solo causará más problemas y traerá consecuencias negativas para todos. Debemos encontrar una solución pacífica y pensada para abordar los problemas del país, no actuar de forma impulsiva y arriesgada.

—Pues si no estás conmigo y decides oponerte a mí, eres un traidor y mi enemigo, y pagarás junto a los demás por la decisión que tomaste.

Caicedo cortó la comunicación y con un gesto les dio una orden a los mercenarios que aún se encontraban posicionados en el punto más alto de la isla. Ellos procedieron a lanzar misiles, destruyendo una a una las lanchas y botes que se localizaban alrededor, dejando sin acceso por vía marítima a las brigadas de apoyo.

En medio de las explosiones y el estruendo, los subalternos habían trabajado incansablemente para armar el lanzacohetes. Con las armas en mano, se abrían paso a tiros mientras bajaban del centro de operaciones junto al ex mayor. Este, con una expresión de determinación en su rostro, se detuvo en un contenedor y, con gran cuidado, extrajo un artefacto de un maletín plateado que tenía a su costado un logotipo utilizado para identificar armas bélicas de alto poder. Era un dispositivo pequeño pero poderoso, capaz de causar una destrucción masiva. Con precaución, lo colocó en un maletín que estaba a su lado.

A lo lejos, Sarah observaba la escena con unos binoculares entre los destellos de las explosiones. Su corazón latía con fuerza mientras asistía impotente a la situación. Asustada, desde su posición divisó el artefacto y, leyendo el costado de lo que había en dicho maletín, su mente se llenó de preocupación. Era el final de la misión, y su peor pesadilla. Si ese dispositivo se activaba y utilizaba, eso podría acabar en una catástrofe.

CAPÍTULO 22
SIN TIEMPO
QUE PERDER

Con alivio, Bastimento se comunicaba con los agentes en la isla para informarles que habían detenido a los barcos y ya se encontraban las unidades antiexplosivas trabajando en la flota. Sin embargo, Sarah temía ser ave de mal agüero y por la radio alertaba sobre la terrible noticia.

—Ministro, Caicedo lleva consigo un detonador. Por lo que vi, llevan también un lanzacohetes. Al parecer, el mismo tiene el aspecto de un mortero antiguo; sin embargo, uno de los cohetes lleva adaptada una hojilla que, espero equivocarme, pero parece ser un compuesto a base de plutonio.

La mayoría de los mercenarios habían sido inmovilizados por las distintas brigadas, excombatientes norteamericanos, panameños, fuerzas especiales de los servicios de inteligencia chinos, israelíes, algunos de medio Oriente y varios agentes de los estamentos de seguridad y fuerzas especiales del SENAN. Sin embargo, Caicedo había logrado salir por un túnel hacia una lancha donde llevaban a bordo el lanzacohetes, cohetes y un explosivo muy peligroso. En ese momento, Mey Lin se acercó a Sarah junto a Antonio y Roberto quienes se enteraron de la terrible noticia.

—Tenemos que detenerlo —comento Mey Lin—. ¡No podemos dejar que se escape!

Sarah, frustrada y airada, no podía salir de su impotencia al ver que no había forma de seguirlos, ya que los vehículos marítimos estaban totalmente destruidos.

—¿Cómo se supone que lo vamos a hacer, Mey Lin? En ese momento, de golpe, Mey Lin tuvo una idea que quizás podría funcionar.

—¡Acompáñenme, quizás podamos alcanzarlo!

—¿Que dices? —preguntó Sarah.

—Tú solo sígueme.

Los cuatro, acompañados por algunos agentes, se dirigieron hacia un pequeño puerto cerca de donde estaban, no era más que el sitio donde horas antes Mey Lin había reconocido una de las embarcaciones china desaparecidas que había quedado allí, cubierta por una lona.

Como pudieron, removieron la lona y se montaron en el barco pesquero. Mey Lin inmediatamente se trasladó al puente y comenzó a encender los paneles.

—Vengan, veamos si podemos encenderlo — exclamó,

Como un trueno salido de una epopeya, el motor del vehículo arrancó igual que si un animal voraz avisara que estaba listo para la caza, en busca de su presa, y con fuerza el barco salió del muelle con dirección hacia su objetivo.

A medida que iban avanzando, el barco con un motor más potente del que sería normal para ese tipo, se abría paso por el Pacífico en medio de la noche. Mientras tanto, Sarah y algunos agentes trataban de ubicar la embarcación. No tardó mucho cuando frente a ellos descubrieron el vehículo, que se encontraba a la vista y con el que, con la ayuda del feroz motor, pudieron recortar la distancia.

—¡Mira! ¡Allá esta! —gritó Sarah

Caicedo, al ver que se estaban acercando, ordenó a

a los mercenarios que prepararan el lanzacohetes.

—¡Malditos! ¡Creen que me van a detener! ¡Lo único que han conseguido es acelerar mi objetivo! ¡Apunten hacia la isla, quiero que el impacto sea tan fuerte que haga que desaparezca!

—Pero, comandante —comentó uno de sus subalternos—, estamos aún muy próximos al lugar de impacto, la onda expansiva podría alcanzarnos, debemos alejarnos más.

—¿Alejarnos? ¡No hay tiempo! Quiero que lancen el cohete ahora mismo.

Los mercenarios, con temor, se miraban los unos con los otros, pues sabían que el riesgo para ellos era muy elevado.

Mientras tanto, desde el barco, utilizando sus binoculares, presenciaban la escena.

—Algo no anda bien, es nuestra oportunidad —Mey Ling tomó un arma de largo alcance y ajustó su mira.

—¿Crees que tienes un buen disparo? —pregunto Roberto

—Toma los binoculares y fíjate —comentó Mey Lin.

El tiro parecía imposible. El bote se movía con las olas del mar, era de noche y el objetivo estaba lejos. Sin embargo, ella no se dejó intimidar. Con años de entrenamiento y experiencia en tiro preciso, realizó los cálculos necesarios y enfocó su mirada. Con determinación, apretó el gatillo y disparó tres tiros certeros, seguidos. Sus objetivos, tres mercenarios que acompañaban a Caicedo, cayeron al suelo ante la sorpresa de este último, que nunca imaginó que esta hazaña fuera posible.

La oscuridad, el viento y el movimiento del bote eran factores que hacían aún más difícil el tiro, pero Mey Lin logró ajustar sus disparos con precisión.

—¡Maldita china! —exclamó el exmilitar.

En ese momento, Caicedo sujetó un dispositivo que activaba el lanzacohetes y el explosivo y apuntó hacia su objetivo él mismo. Mey Lin se dispuso a apuntar; sin embargo, Caicedo, previendo más disparos, buscó cubrirse de manera que no pudiera ser visto.

En ese momento, de la radio se escuchó una voz.

—¿Me escuchan? Estoy acercándome a su posición, tengo el vehículo ubicado donde está el ex mayor en la mira.

—¡Bastimento, debemos detenerlo! Está a punto de lanzar el misil, no hay tiempo —gritó uno de sus hombres.

En ese momento crucial y en un acto desesperado, Bastimento tomó una decisión audaz. Ordenó al capitán de su barco que acelerara al máximo.

—¡Vamos con todo, hay que embestir el barco! ¡Acelera! —gritó con determinación.

Mey Ling viendo la escena, se dio cuenta de lo que intentaba hacer y se dirigió al puente de mando para acercarse, arrancando el motor de inmediato con dirección al sitio donde se daría la colisión.

El plan improvisado de Bastimento había dado resultado. El barco chocó con toda su fuerza contra la lancha que ocupaba Caicedo, causando que el lanzacohetes y el misil cayeran al agua y se sumergieran en la profundidad.

Después del impacto, el aturdido ministro y sus hombres lograron abordar la lancha, pero se encontraron con una sorpresa inesperada: una figura armada estaba lista para disparar. Sin embargo, el ministro Bastimento reaccionó rápidamente, moviéndose con agilidad y disparando para dejar al atacante gravemente herido.

Tendido en el suelo estaba el ex mayor Caicedo, herido fatalmente, en un charco de sangre. El ministro Bastimento se acercó a él, consciente de que había logrado detener la amenaza a costa de un alto precio.

—Mayor, ¿por qué tuvo que terminar así? — preguntó, sosteniendo a Caicedo en sus brazos. Con el rostro lleno de sangre, el mayor tocó el hombro del ministro y se acercó a él.

—Usted no entiende, soy un soldado —dijo con voz débil; luego, mirando hacia el firmamento estrellado, repitió las siguientes palabras—. «Si caigo, recojan la bandera, denle un beso y sigan adelante».

Con un último suspiro, la vida del mayor se apagó, dejando al ministro con una sorpresa final. Mientras su mano caía, dejó a la vista un interruptor encendido y activado, lo que significaba que el detonador que había caído bajo el agua estaba activo y podría causar una gran cantidad de daño.

A su llegada al sitio, al acercarse el barco chino donde se encontraban Antonio, Roberto, Sarah y Mey Lin se sorprendieron al ver a Bastimento pálido. Inmediatamente Sarah vio el interruptor y se dio cuenta exactamente de lo que sucedía.

—¡Rápido, tráiganme un equipo de buceo! —pidió Sarah con urgencia.

Roberto y Antonio salieron a buscar en el barco un equipo por todas partes, los agentes también hacían lo mismo.

—Encontramos chapaletas y una linterna, pero no encontramos un tanque de oxígeno —comentó Roberto, preocupado.

Sarah no se detuvo, se quitó la ropa y solo quedó con ropa interior y una correa de utilidades. Se colocó las chapaletas, los visores y sujetó la linterna. Antonio y

Roberto, sorprendidos por la escena, se acercaron a ella.

—¡Sarah, ¿qué estás haciendo? ¡Espera a que encontremos un tanque de oxígeno! —exclamó Antonio.

—¡No hay tiempo! —respondió ella con determinación—. Debo encontrar el detonador.

Roberto, perplejo, se acercó a Sarah.

—Pero ¿qué estás haciendo? ¿Estás loca?

—Mi misión —respondió Sarah sin vacilar y se lanzó al océano.

CAPÍTULO 23
EL FINAL
AL AMANECER

Sarah comenzó a bucear y con la linterna se dirigió hacia las profundidades del océano. Recordó su entrenamiento en las fuerzas especiales, cuando en condiciones difíciles tuvo que aguantar la respiración. Ese entrenamiento daría frutos en este momento crucial. Pasara lo que pasara, ella haría cumplir su promesa, al igual que su padre, daría su vida si fuera necesario para cumplir su misión.

Este era su momento de culminarla con éxito, aunque le costara la vida. Finalmente, divisó una luz encendida, aceleró su ritmo para alcanzarla. Llegó al explosivo, se acercó a él y comenzó a revisarlo cuidadosamente. Pudo determinar cómo había sido confeccionado y de su correa tomó una herramienta para abrir con cuidado el lateral de la hojilla.

«Debo ser fuerte y aguantar un poco más», se decía a sí misma mientras contenía la respiración. Finalmente, pudo abrir el lateral y descubrir los cables.

Sarah, sosteniéndose del lanzacohetes, cerró los ojos y en su mente visualizó una frase en hebreo que le daba fuerza y determinación. Sabía que el éxito de esta misión dependía de ella y de su habilidad para seleccionar el cable correcto. Con una sensación de urgencia, abrió los ojos y procedió a hacer el corte. La tensión era palpable mientras movía con precisión el filo de la cuchilla hacia el cable.

Finalmente, la luz se detuvo y Sarah supo que había tenido éxito. Sin embargo, sabía que el tiempo se le había acabado y que debía actuar rápido. Con desesperación, no pudo aguantar más la respiración, su cuerpo cedió y sus ojos se cerraron. En ese momento, Sarah se preguntó si estaba muerta. ¿Es esto lo que se siente? Su cuerpo inerte en el fondo del océano, sabía dónde estaba, pero era una sensación extraña. Estaba inmóvil, no respiraba. ¿Dónde estoy? ¿Qué ha pasado? Una sensación de incertidumbre y miedo se apoderó de ella mientras luchaba por entender lo que estaba sucediendo.

Entonces lo vio, un rostro conocido y querido. No podía creerlo. Era su padre, a quien recordaba cargándola en sus hombros y cantándole canciones de su infancia. ¿Cómo era posible? ¿Había vuelto de alguna manera?

El rostro de su padre estaba frente a ella como una luz y una sombra clavado con su mirada fija en Sarah y una sonrisa en su rostro. «¿Me vas a llevar contigo?» se preguntó.

Sintió que regresaba al pasado, como cuando de niña esperaba a su padre para que la llevara a jugar al parque. Sin embargo, en ese momento, frente a su padre, aparecieron como por arte de magia unas letras hebreas: « חַיִּים », pero ¿qué significaba esto? «hayim» significa 'vida'.

De repente, las letras desaparecieron y el rostro de su padre se esfumó, entre las turbulentas aguas una figura se acercó y, sosteniéndola, la tomó de los brazos.

Sarah no sabía que, minutos antes, Mey Lin había localizado en un cuarto del barco un equipo completo de buceo con su respectivo tanque, e inmediatamente se lo colocó y saltó al océano en busca de ella.

Mey Lin se percató del estado de Sarah y decidió utilizar el tanque de oxígeno para propulsarse con ella hacia la superficie. Con preocupación, Mey Lin comenzó a nadar con rapidez hacia la superficie, llevando a Sarah consigo. A medida que se acercaban, Mey Lin podía ver mejor a través del agua las luces de las lanchas y los botes de rescate que habían sido enviados en su ayuda.

Finalmente, Mey Lin y Sarah salieron al aire libre y fueron recibidos de inmediato por personal médico que se encontraba en el sitio. Los paramédicos estaban preparados para atender casos de emergencia y, de inmediato, comenzaron a trabajar para salvar la vida de Sarah.

Inmediatamente colocaron a Sarah en la superficie del bote sobre una camilla y procedieron a resucitarla por medio de equipos médicos. Cerca se encontraban Antonio y Roberto, quienes presenciaban la escena con angustia. Los paramédicos intentaban revivir a Sarah, una y otra vez. A medida que pasaba el tiempo, se perdía la esperanza. De pronto, Sarah abrió sus ojos y comenzó a botar agua de sus pulmones. Los paramédicos procedieron a aplicarle oxígeno y medir sus signos vitales.

Mey Lin, Antonio y Roberto se alegraron al ver la escena y Sarah, poco a poco, se fue reincorporando. Los paramédicos la ayudaron a recuperar su respiración y estabilizar sus signos vitales. Mey Lin, Antonio y Roberto se reunieron alrededor de ella, agradecidos por su recuperación y evidentemente emocionados. Sabían que Sarah había tenido un escape milagroso y que debían estar agradecidos por ello.

Luego de la épica escena, Bastimento se acercó al grupo para darles las gracias.

—No saben cuánto les agradecemos todo lo que hicieron. Si no fuera por ustedes, jamás habríamos dado con los detalles del plan. Sin embargo, aún debemos remover los explosivos que quedaron bajo el mar en el lanzacohetes, no queremos que suceda un accidente. Les confieso que tuvimos suerte, los barcos que retuvimos gracias a su aviso estaban programados para haber estado ya distribuidos a lo largo del canal. Sin embargo, debido al mal tiempo y a la niebla, no alcanzaron a entrar a tiempo, y eso nos dio la ventaja de detenerlos antes que ingresaran.

—Ministro —comentó Antonio—, hay algo que he aprendido y que me enseñó un viejo maestro: que nada es casual. Para bien o para mal, una fuerza superior nos acompaña y, a veces, nos da una pequeña ayuda. Pero depende de nosotros lo que suceda y lo que hagamos.

Roberto, mientras tanto, se encontraba al lado de Sarah.

—Sarah, ¿cómo te sientes? Eso que hiciste fue una locura. Aún no puedo creer lo que sucedió.

Ella lo miró con una sonrisa.

—Dame tu mano, ayúdame a ponerme de pie.

—¿Estás segura? —preguntó.

—Sí, claro, no seas tonto, dame tu mano.

Cuando Roberto estrechó la mano de Sarah, sintió un apretón muy particular que lo dejó un poco perplejo. Ella se puso de pie y lo miró fijamente con un gesto muy particular.

—¿Qué pasa? ¿Por qué esa cara? —le preguntó.

Él, observando su mano, aún unida a la de ella, respondió:

—La forma en que me estrechaste la mano, ¿Me estas

haciendo una broma? Es un toque que solo los masones reconocemos.

—Sí, ¿qué clase de masón eres, Roberto, que no lo reconoces, entonces?

Él, sorprendido, abrió sus ojos.

—Eso significa que...

—Sí, también pertenezco a la orden. Me inicié hace varios años.

—¿Por qué no me lo dijiste antes? —preguntó él con curiosidad.

—Porque soy una espía, y no puedo revelar todos mis secretos. En Panamá he asistido a algunas tenidas de una logia femenina masónica —respondió Sarah con honestidad.

—¿Hay masonería femenina en Panamá? ¡Eso es increíble! —exclamó Roberto, sorprendido.

—Sí, ya lleva varios años. Mira, Roberto, quiero darte algo —dijo Sarah mientras sacaba de su chaleco un pequeño estuche de tela y de él retiraba un pequeño libro azul con letras doradas en hebreo—. Quiero regalarte este libro, tómalo —le ofreció Sarah.

Roberto lo recibió y, sorprendido, le dijo:

—¡Yo sabía que ustedes cargaban estos libros, no estaba equivocado!

—Déjame darte algo más —dijo Sarah mientras tomaba una tarjeta y un lápiz. Escribió los datos de una persona y su información de contacto—. Roberto, quiero que contactes con esta persona. Es mi tío, le hablaré de ti. Creo que ambos podrían llevarse muy bien —dijo Sarah con una sonrisa.

—Por supuesto, Sarah, lo haré —respondió Roberto con entusiasmo.

Del otro lado se encontraban Antonio y Mey Lin mientras el barco avanzaba hacia la isla que se veía a lo lejos.

—Mey Lin, quiero agradecerte todo lo que hiciste, especialmente salvarme la vida. Y quiero disculparme si en algún momento dudé de ti —dijo Antonio.

Ella sonrió al escuchar las palabras de Antonio.

—Tranquilo, sabes que, a pesar de que fui enviada en una misión del servicio secreto chino, mi principal motivación era detener este plan para ayudar a Panamá. Yo nací aquí y nunca dejaré de considerarlo mi país. El Gobierno chino tiene sus planes y objetivos muy claros, pero al igual los panameños debemos tener los nuestros también. El chino, como cualquier Gobierno, siempre hará lo que le convenga y velará por sus intereses estratégicos o económicos. Queda en cada país hacer lo mismo, pero, si no existe un plan donde el país sea la prioridad y en su lugar cada gobernante, funcionario, empresario o político en una posición de poder solo vea lo que le beneficie, el país siempre será vulnerable —respondió Mey Lin.

Antonio asintió con su cabeza y dijo:

—Tienes razón. Parece que ahora estamos más divididos que nunca, y cada uno solo ve lo que le conviene. Y, al final, nuestra actual generación y las futuras podrían sufrir las consecuencias.

Mey Lin respondió:

—¿Sabes, Antonio? Por muchos años, China vivió dividida por guerras internas, fue colonizada por potencias y en su historia solo cuando logró unificarse tuvo más prosperidad. Ahora bien, algunos no comparten los métodos sobre cómo se ha dado esa unificación, pero es irrefutable que solo unidos se ha podido avanzar y llevar al país a lo que muchos consideran una potencia, con un plan claro para seguir a corto, mediano y largo plazo.

Antonio, con mucha atención, meditó sobre cada una de las palabras de Mey Lin mientras observaba la isla, que cada vez se encontraba más cerca. Desde el barco podía divisar con claridad a los miembros de las diferentes brigadas de apoyo que habían acudido al llamado de ayuda para detener a Caicedo y sus tropas.

Veía los rostros de hombres veteranos, norteamericanos retirados, panameños exmiembros de las Fuerzas de defensa, árabes, judíos, panameños, chinos. Hombres, mujeres, algunos masones, otros miembros de otros grupos fraternales, de diferentes religiones, todos juntos unidos por una causa. Y en ese momento, emocionado, se le vino a la mente un salmo que en reiteradas ocasiones se recitaba durante las reuniones junto a sus hermanos, el salmo 133:

¡Qué bueno y qué tierno es ver a esos hermanos vivir juntos!

Es como un aceite refinado que desde su cabeza desciende hasta la barba, la barba de Aarón, hasta el cuello de su túnica.

Es como un rocío del Hermón, que baja sobre las montañas de Sión. Allí el Señor otorgó su bendición, la vida para siempre.

En la parte más alta del barco se encontraba Roberto, que llamaba a Antonio desde allí.

—¡Antonio! ¡Hermano! ¡Mira! —le gritaba señalando hacia el este—. ¡Feliz solsticio!

Antonio, conmovido, respondió emocionado, mirando el amanecer con admiración:

—¡Hermano, feliz solsticio!

—Finalmente, ha llegado el amanecer, el astro rey, el solsticio. El amanecer de Janus —exclamó Roberto con entusiasmo.

Ambos observaron el espectáculo del sol que salía en el horizonte, marcando el inicio de una nueva estación. Era un momento de reflexión y contemplación para ambos, y un recordatorio de la unidad y el cambio constante de la naturaleza.

La Respetable Logia Femenina Armonía del Istmo No. 26 del Valle de Panamá. La primera logia femenina en suelo panameños fue instaurada el 24 de octubre de 2008 bajo lo jurisdicción de La Gran Logia Femenina de Chile.

A principios de la década de los 80, el diario La Prensa filtró información sobre la operación para colocar 14 bombas en la antigua Zona del Canal. La ejecución de esta operación dependía de la ratificación del tratado, que debía ser aprobado por el Congreso de los Estados Unidos.

EPÍLOGO

Ya habían pasado varios meses desde los sucesos de diciembre y Antonio se encontraba en un aeropuerto de los Estados Unidos esperando abordar su vuelo hacia Medellín. De repente, recibió una llamada de su querido amigo Roberto.

—Hermano, ¿cómo estás? —preguntó Roberto.

—Bien, estoy esperando un vuelo —respondió Antonio.

—¿Ya decidiste si te regresas a Panamá? —quiso saber Roberto.

—Sí, ya lo hablé con mi esposa y creo que a finales de este año lo haremos. Sin embargo, tengo un asunto pendiente en Medellín que debo resolver.

—¿Asunto pendiente? ¿A qué te refieres?

—Es una larga historia, también relacionada con la orden, pero te lo contaré más tarde. Digamos que no importa dónde me mude, las situaciones inverosímiles me persiguen —respondió Antonio.

—Entiendo, espero que todo se resuelva, sea lo que sea. ¡Ah!, adivina dónde estoy —le dijo, emocionado.

—No lo sé, dime tú.

—Si supieras..., por cierto, te mandé algo a tu celular, checa. Debo cerrar, después te cuento —informó Roberto antes de colgar.

Roberto escuchó pasos que se acercaban a él, se puso de pie y acomodó una kipá que se había colocado.

—Señor Henríquez, veo que ya está listo para acompañarnos —dijo un hombre de mediana estatura, blanco y canoso con una nariz prominente y una kipá en su cabeza.

—Gracias por la oportunidad de estar aquí, señor Cohen —respondió Roberto.

—No te preocupes, llámame, Isaac. Sarah me habló de ti y, en cuanto te conocí, supe que te gustaría acompañarnos. Por suerte, hoy tenemos una reunión especial conmemorativa para reconocer a uno de nuestros miembros, el querido hermano Oz ben Dietz, quien también es masón. Donde usted fue invitado a asistir. Me gustaría presentarte a alguien —le indicó Isaac.

En ese momento, se acercó un hombre alto, trigueño— de unos sesenta y cinco años.

—Ven, por favor, déjame presentarte al señor Arturo Méndez. Él también forma parte de nuestro grupo y, al igual que tú, es masón —dijo Isaac.

El sujeto se acercó a Roberto y, con gran entusiasmo, estrechó su mano.

—Roberto, no sabes cuánto he querido conocerte. He escuchado mucho sobre ti y vine desde muy lejos para asistir a la conmemoración de esta noche.

Roberto, sorprendido, respondió:

—¿En serio? Muchas gracias. ¿De dónde vino, señor Méndez?

—De Chiriquí. Deberías venir a visitarnos allá. Hay muchas cosas interesantes que suceden en la orden masónica en esa provincia. Incluso estamos trabajando para formar un cuerpo distrital masónico. Alguien como tú podría ayudarnos mucho. Además, llevas la masonería en la sangre —afirmó Méndez.

Roberto, aún más sorprendido, preguntó:
—¿En la sangre, dice? No entiendo.
Mendez respondió:
—Sí, tu padre era masón y lo conocí muy bien.
Trabajamos juntos en Chiriquí.

****

Antonio se sentó para revisar el enlace que había recibido de Roberto y, para su sorpresa, descubrió una noticia sobre la detonación de una bomba de la Segunda Guerra Mundial cerca de una isla del Pacífico. Al terminar de leer la noticia, continuó revisando los titulares en el periódico digital y se encontró con un artículo que hablaba sobre el reciente rompimiento de relaciones de Panamá con Taiwán, así como las preocupaciones de algunos sectores y del Gobierno de los Estados Unidos sobre los vínculos de Panamá con el Gobierno chino continental. El artículo se enfocaba principalmente en las próximas negociaciones que estaban por darse para extender la concesión de las empresas que actualmente manejaban los principales puertos del Pacífico y el Atlántico, y sus vínculos con el Gobierno chino. En ese momento, Antonio recordó las palabras de Caicedo: «En China no existe la libre empresa, y todas las empresas están vinculadas al Estado. Cualquier empresa china que entra en nuestro país representa una extensión de los tentáculos del Gobierno chino».

De igual forma, recordó las palabras dichas por Mey Lin: «China, como cualquier Gobierno, siempre hará lo que le convenga y velará por sus intereses estratégicos o económicos. Queda en cada país hacer lo mismo».

El llamado del vuelo sacó a Antonio de su trance momentáneo. Tomó su mochila con determinación y se dirigió hacia la fila correspondiente. Mientras caminaba, pensaba en las noticias que acababa de leer y se preguntaba si el futuro estaba escrito. «Supongo que no está escrito», se dijo a sí mismo. «Para bien o para mal, una fuerza superior nos acompaña y a veces nos da una pequeña ayuda. Sin embargo, debemos ser responsables de nuestras acciones y solo de nosotros dependerá el futuro». Con estas reflexiones, Antonio subió al avión con sensación de incertidumbre y una gran determinación a ser el arquitecto de su propio destino.

FIN

B'nai B'rith

B'nai B'rith es una organización judía con un sistema de filiales, con una sede mundial en Washington D. C., una sede en Bruselas y varias sedes en distintos países de América Latina y Europa. En Panamá cuentan con dos Distritos y dos Logias. A pesar de utilizar Logia en su terminología y se refieren a sus miembros como Querido Hermano o Querida Hermana no tienen relación con la orden masónica, sin embargo, muchos de sus miembros Judíos que ocuparon altos cargos en la organización han sido masones.

A nivel mundial existen alrededor de 200 organizaciones fraternales serías. En la provincia de Colón, se registraron 37 de estas organizaciones, mientras que en el resto del país la cantidad es menor, especialmente en la ciudad de Panamá, donde la mayoría de las existentes proceden de Colón. Fuente Fabio Galástica.

Reportaje de diario la Panamá America del 17 de Septiembre de 1995 de Jose Montano Titulado: El Plan de Torrijos conta el Canal.

Artículo del diario la Crítica del 22 de Agosto de 2010 por el Mayor Felipe Camargo Titulado: Sabotaje al Canal.

Base en la isla penal de Coiba mientras se llevaban a cabo los entrenamientos en abril de 1978 Foto proporcionada por el Mayor Felipe Camargo.

Tropas de las diferentes compañías de infantería que conformaban la guardia nacional. Primera compañia de infanteria Tigres de Tinajita, segunda compañía de infantería de paracaidistas de Tocumen, tercera compañía Victoriano Lorenzo y tropas escogidas de hombre ranas y comandos recibiendo entrenamiento en la isla penal de Coiba. Alrededor de 100 unidades en entrenamiento que duro alrededor de 7 semanas en técnica de combate de infantería como parte de la preparación al ataque de la zona y canal de Panamá Feb de 1978 Foto proporcionada por el Mayor Felipe Camargo.

BIOGRAFÍA

Amilcar Gotti (o Gothi) es un autor panameño que se ha desempeñado exitosamente en el área hotelera desde muy joven, ocupando diversos cargos gerenciales en posiciones nacionales e internacionales. Siendo adolescente incursionó en el arte participando en obras de teatro y en la música como cantautor. En 2001 se inició como masón y ha tenido la oportunidad de participar activamente ocupando diversos cargos en logias de diferentes jurisdicciones en Panamá y en el extranjero. En 2020 durante la pandemia se sentó a escribir su primera novela, la cual siempre tuvo en mente desarrollar. Requirió una pandemia mundial para tener el tiempo y voluntad para desarrollar *Los secretos del Acta* en la que por medio de este género realiza una historia de ficción donde plasma hechos inspirados en sus propias vivencias basado en hechos reales que dan pie a una obra mágica e iniciática con el propósito de despertar en el lector la curiosidad y su apetito por la búsqueda de la verdad.

LOS SECRETOS DEL ACTA

Antonio se encuentra envuelto en una búsqueda que lo llevará a desentrañar un misterio que está relacionado con su antepasado Ernesto Goti y su vínculo con el Acta de Independencia de Panamá con Colombia. El y un compañero masón quedan envueltos en un complot que quiere desestabilizar la política panameña y la orden masónica en el país. Tienen hasta el amanecer para encontrar por medio de una serie de pistas ubicadas en la ciudad de Panamá un secreto que de no encontrarlo podría costarles la vida. Una carrera contra el tiempo para descubrir los secretos que encierra el Acta.

"La novela histórica Los secretos del Acta es una obra de ficción al mejor estilo de Dan Brown Explica Ja travesía dentro de Ja Orden Masónica de unjoven y explica parte de Ja historia patria de Panamá Es un muy entretenido relato"

Anibal George
Asistente Rabino Shriners Panama

"En su primera novela, Amilcar Gotti entrelaza de forma ingeniosa la rica historia panameña con todo el misticismo de la masonería universal, en un thriller político de ritmo ágil y lectura fácil que atrapa la atención del lector desde la primera línea"

Winnie T. Sitton
Escritor, actor, director y ganador del premio Ricardo Miro 2011en teatro.

Made in the USA
Monee, IL
17 May 2024

58424994R00115